De Blaubeck paragraaf

DE BLAUBECK PARAGRAAF 2

François de Pologne

De Blaubeck paragraaf

Aangeleverd als voetnoot bij de Nederlandse literatuurgeschiedenis

Uitgeverij Overvloed

Amsterdam

Eerste druk 2015

Omslag FdeP

ISBN 978-90-820782-4-4

Een ander voorbeeld is de schrijver Blaubeck die indertijd zoveel prijzen in de wacht gesleept heeft, maar nu welhaast aan de koude omhelzing van de vergetelheid moet worden ontrukt. Het stempel dat hij op de literatuurgeschiedenis van de Lage Landen zou gaan drukken, is bijkans gewist, zoals de scherpe lijnen en felle kleuren van een tatoeage na verloop van tijd verbleken en uiteindelijk in vlammen opgaan met de drager wanneer hij wordt gecremeerd.

Maar gedenken wij de zevende juli 1970, de dag waarop Hij wordt geboren, dan hebben wij reeds zonder het te merken het eerste naar Hem verwijzende persoonlijk voornaamwoord met een hoofdletter geschreven - de tweede keer gebeurde dit bewuster, zij het nog steeds vrijwel vanzelfsprekend. Alsof er die dag een ware Godheid geboren is en het blasfemie zou zijn om anders naar Hem te verwijzen.

We hoeven niet te betwijfelen dat er die ochtend in het Roermondse streekziekenhuis een grootheid het eerste daglicht ziet.

Zijn arme moeder heeft tijdens de zwangerschap vele oneigenlijke complicaties moeten doorstaan. Zij heeft in plaats van in de gerieflijke salon thuis maandenlang in dit naamloze hospitaal moeten ontvangen. De dokters hebben haar maar ternauwernood in leven weten te houden, als we afgaan op haar eigen verhalen. Het mag een wonder heten dat ze alsnog een gezonde zoon gebaard heeft. Maar ze zal het geen wonder noemen omdat zij, net als haar man, van streng gereformeerde komaf is en dus niet in wonderen gelooft.

Haar man gelooft en passant de eerste dagen ook niet dat hem een zoon geboren is.

-Als... dan is het vast en zeker een mongool, zegt hij tegen zijn zuster, die hem probeert over te halen bij zijn echtgenote op kraamvisite te gaan om het mirakel met eigen ogen te aanschouwen.

-Als... dan wordt het niks met die jongen. Dan wordt het een lapzwans van het zuiverste water, meent hij later, wanneer het minder opportuun geworden is om het bestaan en de kennelijke fitheid van zijn telg te loochenen.

-Een pannenlap, dat gaat het worden. Let op mijn woorden, prevelt hij profetisch nadat hij eindelijk een blik in het ziekenhuiswiegje heeft geworpen. In het bed ernaast ligt zijn vrouw in katzwijm voor de dienstdoende verpleger, die zich over haar heen gebogen heeft om de kussens te schikken.

Ja, de voortekenen liegen er niet om. De moeder is een hysterica van wie zelfs de ouwe Freud het heen en weer zou hebben gekregen en de vader is even cynisch als excentriek. Op de koop toe zijn beide ouders ernstig getraumatiseerd door de Tweede Wereldoorlog die zij in een Jappenkamp hebben doorgebracht. En dan hebben we het nog niet eens over de mate waarin zij daarvoor al belast waren met familieschuld aan minstens een eeuw meedogenloos kolonialisme.

Zijn vader noemt hem daarom:

-Alfonso! en moet bij de burgerlijke stand het uiterste vergen van zijn zelfdiscipline om niet ter plekke in een moorddadig lachen uit te barsten

Van zijn moeder komen de voornamen:

-Rainer Maria Friedrich, hoewel ze gedurende zijn hele jeugd het prefereert om hem aan te spreken als "mijn ezeltje" en daarna zijn flaporen te prijzen.

*

Hoe veelbelovend deze start ook klinken moge, de eerst komende eenentwintig jaar lijkt er weinig te gebeuren in het leven van Alfonso. Wat wij te weten komen zijn losse feiten en op zichzelf staande anekdotes. Samenhang ontbreekt tot het memorabele jaar 1992, het jaar dat Hij oprijst uit wat eenieders gestoorde jeugd kan zijn - ja, als een komeet verschijnt Hij aan het troebele firmament der Nederlandse letteren. Maar dan als een komeet zoals er maar één in de honderd of tweehonderd jaar verschijnt. Schitterend, dreigend en o zo efemeer.

En gelijkt daarmee Zijn levensloop niet op die van die andere beroemde Godenzoon, Jezus van Nazareth? We hebben het wel over de Heer, dames en heren. Die ook tot zijn eenentwintigste maar wat planken zaagde en spijkers krom sloeg in de werkplaats van zijn vader, om dan in een wolk van stof en zaagsel naar buiten te treden.

-De groeten en het allerbeste, zou de Heer tegen zijn erbarmelijk schreiende moeder hebben gezegd. Maria, die, zwanger van Hem en op dubieuze wijze bevrucht, ooit op een ezel naar Bethlehem gereden was en Hem daar in een augiasstal ter wereld gebracht had.

Trouwens, over Jezus en Maria gesproken... Wat wel bekend is, is dat bij zijn zeven jaar oudere zus al ruim voor de puberteit een ongezonde, zo niet perverse belangstelling voor deze sprookjesfiguren ontluikt. Tot groot verdriet van met name haar vader zal zij zich op haar zeventiende bekeren tot het katholicisme. Voor wie niet kan rekenen: Alfonso Rainer Maria Friedrich is dan tien jaar oud. En hij is pas twaalf als zijn zuster het ouderlijk huis verlaat om toe te treden tot de zeer vrome Orde van de Zusters der Devote Maagd.

Het schijnt dat zij nog altijd leeft en een teruggetrokken ascetisch bestaan leidt in het klooster, waar geen enkele mannennaam, behalve dan de Latijnse pseudoniemen van gekwalificeerde kardinalen en die van de Heilige Vader zelve, over de lippen mag komen en zelfs niet over de tong mag gaan op straffe van spiernaakte opsluiting in een gewitte bakstenen cel en drie maal daagse tuchtiging met de karwats en allerhande elektrische apparatuur. De nonnen van heden ten dage zijn ook niet meer van gisteren. De duur van deze straf hangt af van de zondigheid van de uitgesproken naam, zodat we ons geen illusies hoeven te maken over haar lot nadat de hoofdpersoon van deze beschouwing haar een verrassingsvisite had gebracht en zijn olijke kop boven de kloostermuur had uitgestoken.

-Nee, Alfonso, nee, nee, nee! schijnt zij in paniek te hebben geroepen, maar toen was het dus te laat...

We hebben het echter over de jeugd van Alfonso en niet over die van zijn gedoemde zus.

Welnu, bekend is natuurlijk dat Blaubeck als taalkundig genie al vroeg van zich doet spreken. Zo schijnt hij op eenjarige leeftijd vanuit zijn kinderstoel zijn vader, die onverwacht was thuisgekomen, haarfijn te hebben kunnen uitleggen waar en met wie zijn moeder zich op dat moment verpoosde.

-Een ezel, dat ben je! schreeuwde zijn moeder later tegen hem, doch reeds had hij geleerd om zo'n uitval als een compliment op te vatten, zodat zijn gezicht een trotse glimlach liet zien in plaats van de schaamte en de wroeging die normale kinderen zouden voelen.

We horen ook steeds dat hij op tweejarige leeftijd net thuis van de crèche voor het eerst tegen zijn moeder zegt:

-Een vriendin vertelde mij... waarop zijn moeder hem niet eens laat uitpraten en verheugd vraagt:

-Een vriendin? Ach mijn ezeltje, heb je dan een vriendinnetje?

Toch wordt het op den duur een onhebbelijke gewoonte om telkens de aandacht te trekken met deze opening. Zijn vader probeert het aanvankelijk te negeren door niet erop in te gaan en hooguit een wegwerpgebaar te maken. Maar zoals andere kinderen in hun bed blijven plassen en in hun broek blijven schijten, zo blijft Blaubeck volhouden:

-Een vriendin...

-Een vriendin zei...

-Ze wees me erop dat...

-Wie?

-Een vriendin...

Totdat de getergde vader tenslotte zijn zelfbeheersing verliest. Hij staat op uit zijn fauteuil en beent af op het spruitje dat nietsvermoedend met zijn legotrein aan het spelen is. Die alsmaar halt houdt omdat er nog vriendinnen moeten instappen. Zijn vader torent hoog uit boven de kleine Alfonso op het tapijt wanneer hij zijn tirade afsteekt:

-Een vriendin? Een vriendin? Welke vriendin? Zie jij hier soms een vriendin? Ik niet! Waar zit die vriendin van jou dan? Waar heb je haar verstopt? Achter de stoel? Onder de mat soms? Zullen wij hier ooit een vriendin van jou zien? Je hebt helemaal geen vriendin, dwaas! Daarbij heb je ook geen vriendjes. Probeer nou maar eerst eens met een vriendje thuis te komen voordat je aan de vrouwtjes begint. Ja, een vriendje, dat is tenminste een kleine stap in de richting van een normale ontwikkeling. Dat heeft het over vriendinnen! Je bent nog kletsnat achter de oren. Heb je enig idee hoe je contact krijgt met een leeftijdsgenoot? Of, eh, een soortgenoot? Want die zijn er niet, hè? Er is daar in die opvang niets dat zelfs maar in de verte op jou lijkt. Niets dat je herkent, niets waarbij je aansluiting vindt...

Enzovoorts... Ad infinitum zouden we hebben geschreven, ware het niet dat Alfonso noch zijn ouders het gymnasium voltooid hebben. Voor wat betreft zijn ouders is en blijft hun jeugd door de Tweede Wereldoorlog en die verdomde Jappen, die overal een stokje voor gestoken hebben en zeker voor een normale psychische rijping. Op zijn beurt blijft Alfonso liever thuis. Op school heeft hij heimwee naar de schoot van zijn moeder die graag zijn oren aait als ze niks beter te doen heeft. Ook de houding van zijn vader werkt niet bepaald stimulerend. Die dringt er op aan dat hij een spreuk verzint bij het aloude familiewapen. Dit is een guitige eendenkop met een blauwe bek, een Donald Duck avant la lettre, want deze vrolijke snater siert al meer dan drie eeuwen de gevels van het huis Blaubeck. Nu eist zijn vader dat hij er een bijpassend Latijns motto bij verzint. Het is een probleem waarvoor Alfonso vele en zeer uiteenlopende oplossingen bedenkt. Even zo vaak oordeelt zijn vader:

-Dat slaat nergens op!

Of, na de zoveelste poging binnen één dag:

-Nee, idioot, voor de laatste keer: Dat slaat nergens op!

Kortom, deze vader is voor zijn zoon onbereikbaar en evenzeer bereikt deze zoon de vader nooit.

Niettegenstaande Alfonso's verlangen naar haar biedt ook zijn moeder weinig houvast. Ze brengt hem liever in verwarring met opgewekte verhalen over het kamp, waar ze naar eigen zeggen "goed behandeld" is. Men kan zich voorstellen dat voor de opgroeiende Alfonso een nieuw en fundamenteel levensvraagstuk opdoemt. Wat dan heeft zijn moeder gedaan of nagelaten om die bijzondere behandeling te verdienen op een plek waar anderen werden misbruikt, mishandeld, uitgehongerd en vermoord?

-De werkelijkheid is een cake, heeft hij zijn vader horen beweren, triomfantelijk de kamer rondkijkend in het gekkenhuis dat zijn gezin was.

-Nou goed, voor mijn part is het een kruimelende appeltaart met slagroom, riep hij gefrustreerd toen er niemand reageerde. Want zijn zus verkoos het gebedenboek boven vaders bespiegelingen; zijn moeder was weer eens zonder bericht afwezig op wat niet was aangekondigd als een belangrijke vergadering; en Alfonso zelf was nog steeds naarstig en in alle hoeken en gaten op zoek naar vriendinnen. Dit alles weerhield zijn vader niet ervan om zijn betoog te vervolgen:

-Als wij alle verklaringen voor een discrete gebeurtenis evenals hun waarschijnlijkheden zouden kennen, indien wij dus, resumerend, de werkelijkheid voor de volle honderd procent zouden kennen, dan en alleen dan, zeg ik, zouden we weten in hoeveel punten de taart moest worden verdeeld en hoe groot elke punt was...

Ja, zijn filosofische aanleg heeft Alfonso Rainer Maria Friedrich niet van een vreemde. Des vaders woorden ter harte nemend gaat hij na welke verklaringen er überhaupt mogelijk zijn voor moeders uitspraak over de bejegening in het kamp. Hij begint met verreweg het grootste deel van de taart te reserveren voor verklaringen voor de behandeling door de Jappen, terwijl hij in zijn achterhoofd houdt dat er ook een kans is dat zij destijds door andere partijen netjes, aardig of met de nodige egards tegemoet getreden is. En de kwestie wat ze nou precies bedoelt met "goed behandeld" schuift hij eveneens voorlopig terzijde. Dat hangt af van wie de gever geweest is, zo veronderstelt hij niet onterechte. Als Japanners de gulle gevers zijn geweest, dan kan het zijn gegaan om een voorkeursbehandeling ten opzichte van de andere geïnterneerden, die immers niet zo goed behandeld c.q. doodgemarteld werden... Heeft zijn moeder des avonds op de veranda onder met draken beschilderde lampions voorgelezen uit een geïllustreerd boek in een taal waar de Japanse heren geen bal van snapten maar die zij misschien wel juist daarom des te vermakelijker vonden? Het is een optie die theoretisch mogelijk maar tamelijk onwaarschijnlijk is, redeneert de jonge Blaubeck in wiens hoofd het beeld ontstaan is van Japanners die schuddebuikend van hun stoelen vallen en pisvlekken in hun kakibroeken krijgen. Hij heeft op dat punt in zijn leven nog nooit een schaterlachende Jap gezien, wel plaatjes van stoïcijnse spleetogen die een buiging maken of aan karate dan wel sumoworstelen doen. Heeft zij dan een andersoortige voorstelling gegeven die deze figuren wel vermocht te boeien? En heeft ze daarbij haar kleren aangehouden of heeft ze die, begeleid door de klanken van een slecht gestemde xylofoon, één voor één uitgetrokken? Heeft de sloerie weer eens de hoer gespeeld? Want dat de sloerie geregeld de hoer uithangt, dat is zeker. Dat heeft hij zijn onbegrijpelijke maar aanbeden vader vele malen horen constateren.

Of is het sarcastisch bedoeld dat ze zegt er een goede behandeling te hebben gehad? Bedoelt ze eigenlijk het tegenovergestelde? Liegt ze om hem te behoeden voor een gruwelijke waarheid, waarover zij bovendien niet spreken kan? Of... En hoe langer hij erover nadenkt hoe hoger het percentage dat hij toekent aan de mogelijkheid dat ze de vreselijke waarheid verdrongen heeft. Dat ze de slagen met de stok, de blauwe plekken en de striemen vergeten is. Dat ze de herinnering aan hoe afschuwelijk en walgingwekkend het werkelijk was uit zelfbehoud heeft verbannen naar een achterkamertje in haar brein. De deur op slot en de sleutel weggegooid. Dat zijn moeder het klappen van de zweep kwijt is en permanent afwijkt van elk rechtdoor lopend pad is een gegeven. Het is een moeder die je niet alleen durft te laten, een moeder naar wie je altijd op zoek zult zijn.

Het hoeft niemand te verbazen dat de jonge Blaubeck liever spijbelt en thuis allerhande raadsels oplost dan dat hij huiswerk maakt. Na twee doublures volgt de verwijdering van het categoriaal gymnasium en verruilt hij de dagelijkse gang naar school voor een ochtendwandeling naar de psychiater. Deze dokter is een fervent psychoanalyticus. Hij legt de jongeman op de divan, zodat de eerst komende vijf jaar niemand er wijzer van wordt, even afgezien van de psychiater zelf, die er financieel niet op achteruitgaat.

En dat is het dan zo'n beetje wat er te melden valt over de ontwikkeling van de eenentwintigjarige die in 1992 de wereld van de Nederlandse literatuur treft als een meteoor. Voor zover er dan nog dinosaurussen leven: hun uur heeft geslagen. Het zal even duren voordat het stof van de inslag is nedergedaald en de blauwe hemel weer zichtbaar wordt.

*

Binnen twee weken is Blaubecks debuutroman *Gemeenplaatsen* een hype van jewelste en binnen zeven weken zit hij aan de wijn bij de formidabele talkshowpresentator Anton van Dijk. Critici komen woorden tekort om *Gemeenplaatsen* te loven, dat in een "compacte en toch dubbelzinnige stijl" de wordingsgeschiedenis van een jonge kunstenaar beschrijft. Deze jongeling verlaat het ouderlijk huis om in de wijde wereld te zoeken wat hij thuis bij zijn extravagante ouders heeft moeten ontberen. Hij ontmoet in dat kader een hele stoet vriendinnen met wie hij seks heeft. Sommigen betaalt hij daarvoor, anderen moeten hem betalen. De seks is, hoe dan ook, zelden gratis in dit boek, waarvan de "onthutsende conclusie" is dat mensen niet in staat zijn tot liefde of begrip en dat de kunstenaar: "oneindig alleen is in een met vreemde wezens bevolkte kosmos." *Gemeenplaatsen* biedt, zoals de titel belooft, cliché na cliché, maar dan als: "niet eerder vertoonde opeenstapeling of verdichting... Blaubeck begeeft zich met zijn eersteling meteen op het terrein van de allergrootsten", waarbij men bijvoorbeeld in herinnering roept dat het de grote Baudelaire was die meende dat clichés geniaal zijn.

Baudelaire stierf evenwel miskend, berooid en dement, waarmee nog maar eens gezegd is dat de literaire kwaliteiten van een schrijver of dichter niet persé samenvallen met het succes dat hij heeft. Wij mogen gerust de vraag stellen waarom *Gemeenplaatsen* opeens wel een hit is.

Ettelijke verhalen doen de ronde hierover, waarvan de roddel dat Blaubecks vader kwistig met het familiekapitaal zou hebben gestrooid misschien het minst waarschijnlijke is.

-Mijn geld steken in die slampamper? zou die later verontwaardigd retorisch gevraagd hebben, toen hij voor een documentaire over zijn zoon werd geïnterviewd.

Andere verhalen suggereren een al dan niet bewuste samenwerking of zelfs complot van bepaalde machtige personen. Volgens één versie wordt de Nederlandse literaire wereld van die tijd gedomineerd door mensen die zich aan een zwaar reformatorische achtergrond ontworsteld hebben maar zoekende blijven naar een nieuwe religie en een nieuwe God. We hadden het reeds over de goddelijke eigenschappen van Blaubeck, hijzelf zal meerdere malen tijdens zijn carrière de rol van herder of heiland claimen. De machtige en grote clan der ontworstelden zou meteen in hem haar nieuwe leidsman hebben herkend en hem gelanceerd en gepromoot hebben...

Een nog wildere en vileinere versie van deze samenzweringstheorie wil dat de jongeman die op een avond in 1992 voor de eerste keer op de televisie verschijnt helemaal geen schrijver maar een acteur is! *Gemeenplaatsen* is, net als de andere boeken en schrijfsels die aan deze figuur worden toegeschreven, niet van zijn hand maar vervaardigd door een club professionele ghostwriters. Blaubeck is niet meer of minder dan een slimme marketingtruc, het product van een dronken brainstormsessie van de wanhopige staf van een toen nog noodlijdende uitgeverij.

-Wij hebben behoefte aan een langer durende oplossing voor ons probleem.

De bariton van de directeur klonk gezaghebbend en onheilspellend boven het geroezemoes van de verzamelde lectoren, correctoren, secretaresses en meer van dat volk.

-Een bestseller, een bestseller! schijnt dit volk te hebben gescandeerd in de met kroonluchters verlichte voorkamer van het Amsterdamse grachtenpand.

Het schijnt dat dit enige tijd zo doorging totdat tot ieders verbazing er een cirkel ontstaan was rondom een kleine bebrilde klerk die tot dan toe zijn werkzaamheden in stilte en zonder enig opzien te baren had verricht. Hij keek even geniepig als altijd toen hij het woord nam.

-Kalmte, heren, kalmte, zo sprak hij met lijzige stem, daarbij doortrapt grijnzend.

-Als wij dan geen talent meer weten te vinden, laten we er dan één uitvinden. Laten we onze ervaring bundelen en een schrijver samenstellen. We kennen de ingrediënten. Laten we hem bereiden zoals koks een maaltijd klaarmaken. Laten we hem componeren zoals een componist zijn symfonie! Het is te doen en wij kunnen het. Laten we hem, om te beginnen, eens Blaubeck noemen.

Er schijnt op dat moment een siddering door de zaal te zijn gegaan. Men had weliswaar al veel gerookt en niet minder gedronken, maar iedereen, inclusief het driftig notulerende secretariaat, trilde van de grootsheid van dit idee. Men voorvoelde, men voorzag dat het vermetele plan de redding van de uitgeverij zou kunnen worden.

-Blaubeck, probeerde de directeur voorzichtig.

-Die gaat stof doen opwaaien. Dat zit in de naam.

-Er is een geheim genootschap van schrijvers nodig, ging de achterbakse klerk verder.

-Het schrijverscollectief Blaubeck, antwoordde de directeur breed lachend. Hij had het juiste spoor te pakken.

Doch wat er waar is van deze en andere geruchten over Blaubeck kan niet worden geverifieerd. Zij zijn symptomatisch voor de sfeer van verwarring en mysterie die vanaf zijn eerste publieke optreden om hem heen hangt.

Feit is wel dat heel kunstminnend Nederland voor de buis zit wanneer Van Dijk hem inleidt. Van Dijk is op het toppunt van zijn roem en kunnen als interviewer en neemt de tijd om zijn laatste gast van de avond te introduceren. Aan de flauwe glimlach op zijn lippen is te zien dat hij weet dat hij een primeur heeft. Hij bespreekt daarom *Gemeenplaatsen* alvast kritisch:

-Fabelachtig instant succes... Niettemin weinig geloofwaardige karakters... Clichés blijven clichés... Niet mijn kopje thee...

Dan heeft hij de jonge auteur met een joviaal gebaar zijn plaats gewezen, in onberispelijk Engels gevraagd of hij wijn of water wil, om zichzelf lachend vastgesteld dat hij met zijn hoofd nog bij de vorige gast moet zijn en zich geëxcuseerd voor de verspreking. Blaubeck drinkt een glas witte wijn. Blaubeck blijkt een donkere krullenbol met een afwezige, bijna slaperige blik in zijn ogen. Zijn fletse overhemd valt studentikoos ruim. Maar hij studeert niet, heeft dat nooit gedaan en zal het nooit doen. Van Dijk is zich bewust van zijn overwicht en heeft zijn eerste vraag goed voorbereid. Of Blaubeck zijn roman ook niet nogal vrouwonvriendelijk vindt. Of hij eigenlijk wel van vrouwen houdt.

Blauwbeck blijft even stil. Zijn gezicht blijft zonder uitdrukking als hij vervolgens bloedserieus zegt:

-Ik wil u allereerst graag bedanken voor de complimenten.

Heel Nederland is getuige van de ontregeling die dit antwoord bij de ervaren interviewer teweegbrengt. We zien dat hij zijn wenkbrauwen fronst en dan optrekt.

We denken terug met hem. Heeft hij op enig moment deze mafketel ook maar iets van lof toegezwaaid? Heeft er dan toch iets van bewondering doorgeklonken in zijn toon? Heeft Blaubeck hem totaal verkeerd begrepen? Is er sprake van een kolossaal misverstand? Zo één dat onmogelijk meer rechtgezet kan worden? Vergaat de wereld? We zien de ontreddering, het hulpeloze gebaar met de rechterarm. We horen de altijd scherp articulerende Van Dijk nu verontschuldigd mompelen:

-Natuurlijk, natuurlijk.

Anton van Dijk is uit zijn concentratie, uit zijn ritme. Het komt niet meer goed. Deze show niet en ook de volgende niet. We zien een haperende, stuntelende Van Dijk in afleveringen daarna. Een man die uit balans is, die niet meer lekker in zijn vel zit, die twijfelt aan zijn bestemming.

Hij zal besluiten om te stoppen met zijn televisieprogramma nu hij nog jong is. Hij wil weg uit Nederland ("ver weg"), reizen, nog iets van de wereld zien. In den vreemde begint hij met het handmatig overschrijven van de romans van anderen, een nieuwe hobby die hem vele jaren in beslag neemt. De naam Blaubeck mag men niet meer in zijn bijzijn uitspreken...

*

Het is dit interview eerder dan *Gemeenplaatsen* dat Nederland ogenblikkelijk verdeelt in Blaubeckfans en Blaubeckhaters. Of: het verdeelt het land in Blaubeckhaters en de rest, want Blaubeckfans lijken geen duidelijke groep te vormen. Het Centraal Bureau voor Statistiek kan niet eens het geslacht bevestigen van de typische Blaubeckfan, hoezeer ook het voor de hand ligt te veronderstellen dat dit een vrouw moet zijn. Maar nee, Blaubeck blijkt niet meer vriendinnen dan vrienden te hebben - en voor zover er wel vriendinnen zijn, lijken die toch meer als verre kennissen te moeten worden omschreven. Vrouwen die wel eens van hem gehoord hebben of die wel eens wat van of over hem hebben gelezen, die glimlachen als zijn naam tijdens een gezellig samenzijn ter sprake komt en dan opmerken dat ze hem "best wel leuk" vinden of zoiets, maar dit niet nader toelichten. Ze krijgen meestal ook niet de kans om dat te doen omdat er dan al iemand in woede ontstoken is. Als we voor het gemak en om Blaubeck postuum te eren even aannemen dat de Blaubeckfan wel degelijk een vrouw is, dan kan ze rond de dertig zijn maar even goed de vijftig gepasseerd en postmenopauzaal. Misschien dat ze iets vaker blond is dan donker, maar als er in Nederland meer donkere vrouwen leven, dan is ze waarschijnlijk juist vaker donker. Zij wijkt in dat opzicht niet af van de norm in Nederland, waar ze zo goed als overal kan wonen, zij het dat de kans dat ze in Roermond haar mond opendoet groter is dan dat ze dat in Drenthe of Friesland doet. Blaubeck is per slot van rekening geboren in Roermond, één van de schaarse wapenfeiten waarop deze stad trots kan zijn, en in Drenthe en Friesland leven nou eenmaal meer analfabeten. Ze zegt dus bijna verlegen dat ze Blaubeck "interessant" of "grappig" of iets van die strekking vindt, maar zal verder niet opvallen door haar kleding, haar humor of haar uitstraling. Mocht nog niemand in het gezelschap zijn zelfbeheersing hebben verloren, dan heeft er zeker iemand meesmuilend gesisd dat hij er niks aan vindt, aan die hele Blaubeck, dat ze die charlatan, wat hem betreft, aan de hoogste boom mogen opknopen. En dan zal zij de onsterfelijke woorden spreken:

-Wat vind je er dan zo vreselijk aan? Opdat alsnog de gewenste uitbarsting kan plaatsvinden - want dat kan wel worden vastgesteld: in alle milieus in Nederland wordt vanaf het midden van de negentiger jaren van de vorige eeuw de zogenaamde Blaubecktirade een vast agendapunt. Geen trouwpartij, geen verjaardag, geen etentje met familie en/of vrienden of er ontstaat een Blaubeckdiscussie tussen twee of meerdere personen, van wie er gewoonlijk één tot Blaubeckrazernij gedreven is. Een tijd lang is dit net zo gebruikelijk als "Lang zal ze leven" zingen voor de jarige:

-We moeten nog zingen!

-We hebben het nog niet over Blaubeck gehad...

De aanstichtster van deze discussie verdwijnt evenwel schielijk naar de achtergrond. Achteraf is onduidelijk wie het geweest is, maar er is ook niemand die dat van enig belang vindt. Zodat wij net zo min iets kunnen zeggen over haar uiterlijk als over haar motieven en haar karakter. Leest zij veel maar vluchtig of juist alleen als ze op vakantie is? Heeft zij geen smaak of is ze enigszins onnozel? Heeft zij een onbevredigend seksleven of mist ze iemand in haar leven om voor te zorgen? Vindt ze Blaubeck “amusant” omdat ze geen idee heeft waarover zijn schrijfsels gaan of omdat ze eindelijk een schrijver gevonden heeft wiens werk zij wel snapt? Denkt ze hem te begrijpen of goed of “ergens” aan te voelen? Laat hij de gefrustreerde moederlijke instincten in haar schoot oplaaien? Of camoufleert zij met haar voorzichtige bewondering van Blaubeck juist hoezeer zij dit type man en eigenlijk alle mannen haat? ... We weten het niet omdat zij helemaal geen dementerende alleenstaande kinderloze vrouw hoeft te zijn. Zij is voor hetzelfde geld een man!

Dat Blaubeck bij sommige mannen een gevoelige snaar raakt – dat staat buiten kijf. Er is zelfs geopperd dat alle mannen een latente aversie, een soort instinctieve afkeer van hem koesteren en dat het voldoende is om deze Blaubeckzenuw af en toe te prikkelen om het syndroom op te wekken dat bekend staat als Blaubeckhaat.

Een duidelijk profiel van de Blaubeckhater doemt op uit de beschikbare data. Hij is een man van ongeveer dezelfde leeftijd als Blaubeck zelf met een bandbreedte van plus of min vijf jaar. Er zijn wel gevallen gerapporteerd van zeven jaar ouder, maar dat zijn uitzonderlijke casus van vergaande preoccupatie met de haat en als gevolg daarvan ernstige beperkingen in het sociaal functioneren. We hebben het dan over mannen die iedere dag een brief naar de krant sturen tenzij zij daarvan door een dwangbuis worden weerhouden.

De Blaubeckhater is overwegend heteroseksueel. Het is de vraag of er wel homoseksuele Blaubeckhaters hebben bestaan. Evenmin lijken er vrolijke liefhebbers van Blaubeck te zijn geweest. Vrolijkheid en interesse voor Blaubeck lijken incompatibel. Zou het kunnen dat homoseksualiteit immuun maakt voor Blaubeck? Dat Blaubeck homoseksuelen siberisch laat? Hoe dan ook is de typische Blaubeckhater een liefhebber van vrouwen, echter wel een tamelijk gefrustreerde. Hij heeft verschillende relaties met vrouwen, variërend van louter seksuele tot zuiver platonische, maar is zelden tevreden over de partner die hij op dat moment heeft. Al zal hij, desgevraagd en met enige stelligheid, het tegendeel beweren. In zijn hart begeert hij een ander of anderen, om preciezer te zijn. Hij is gemiddeld 1,67 maal getrouwd, zodat hij waarschijnlijk minimaal één echtgenote heeft of heeft gehad. Een tweede huwelijk wordt veelal snel na de ontbinding van het eerste voltrokken. Goede vrienden van weerszijden hebben daar vraagtekens bij maar houden hun commentaar voor zich. Trouwens, veel vrienden maakt onze Blaubeckhater niet. Hij kent de meeste mensen via zijn veel socialere partner.

Blaubeckhaters zullen net als andere mensen met veel agressie in zich gemiddeld langer roken, hoewel ze niet onsportief zijn en over het geheel genomen redelijk gezond leven. Ze gaan bij voorkeur met de fiets en de trein naar het werk. Ze zijn nou eenmaal niet geweldig trots op hun één tot twee auto's. Dit zijn normaal gesproken karakterloze middenklassers.

Een Blaubeckhater heeft kinderen. Hij heeft die kinderen lief, is een goede vader, doch het zullen geen topvoetballers of succesvolle wetenschappers worden. Gek genoeg zijn kinderen doorgaans van het mannelijke geslacht, wat een andere manier is om te zeggen dat Blaubeckhaters weinig tot geen dochters voortbrengen. Dit kan worden gezien als een volgende aanwijzing voor de hypothese dat bepaalde genen predisponeren tot Blaubeckhaat. De mogelijkheden om deze genetische component te onderzoeken zijn helaas uiterst beperkt, aangezien slechts één generatie door het verschijnsel getroffen is. Of je moet denken dat elke generatie haar eigen Blaubeck heeft en er binnenkort een nieuwe zal opstaan. Dit is stof voor een apart essay dat wij met werktitel *De aanstaande komst van de nieuwe Blaubeck* in gedachten zullen houden.

Nu terug naar het profiel van de Blaubeckhater.

Welnu, een ronduit eigenaardige speling van het lot dan wel een bepaalde genetische kwetsbaarheid zorgt ervoor dat velen hulpverleners zijn. Het zijn doktoren en psychologen. Niet bijzonder geslaagde overigens. Het zijn geen professoren of topmanagers. Er bevinden zich maar weinig specialisten onder de Blaubeckhaters. Het zijn wel harde werkers, die zichzelf niet onterecht een bepaalde bekwaamheid op hun vakgebied toedichten. Want ook collega's zijn wel over hen te spreken en zullen hen zelden van nalatigheid of laksheid betichten. Het zijn alleen geen echte uitblinkers. Ze dragen hun steentje bij en meer dan dat, maar zijn niet spraakmakend.

In financieel opzicht doet de Blaubeckhater het zeker niet slecht, al kan nou ook weer niet worden gezegd dat het hem voor de wind gaat. Een enkeling neemt een groot risico door een te duur huis te kopen of te bouwen en moet zijn leven lang hard werken om het hoofd boven water te houden. De meesten hoeven niet eens zo hard te trappelen. Als het toch een tijdje wat slechter gaat, dan duurt dat nooit lang en komt hij wel weer bovendrijven.

De blauwbeckhater is slechts lid van die verenigingen waarvan hij beroepshalve lid moet zijn. Hij bezoekt clubs nauwelijks en nooit langdurig... Want hoe frequenter en hoe langdurig je dit doet, hoe groter de kans dat het gesprek op boeken en literatuur komt. En dan is onze Blaubeckhater de klos. Terwijl hij een ogenblik geleden nog gold als een zachtaardige, toegewijde huisvader en hulpverlener blijkt nu ineens zijn ware aard.

-Hij heeft veel boosheid in zich.

Of gewoon:

-Het is een boze man, zal de ongetwijfeld toevallig aanwezige psychiater laten optekenen. Of hij zou dit tijdens een gevalsbespreking met collega's opmerken in het geval dat de Blaubeckhater zich gemeld had bij zijn praktijk. Maar de Blaubeckhater zal nooit op vrijwillige basis zelf een zielenknijper consulteren. Het ontbreekt hem aan het inzicht dat hij een nare aandoening heeft. Een ziekte die, behalve met de reeds genoemde woedeaanvallen, gepaard gaat met vermijding. Om uitbarstingen, ontmaskering en een slechte naam te voorkomen, houdt de Blaubeckhater zich verre van enig regulier verenigingsleven. Hij heeft simpelweg niet de helderheid van geest om te bedenken dat waar er fanclubs bestaan er ook een haatbond mogelijk moet zijn.

Deze man, die zijn woede in eenzaamheid en in stilte tracht te verbijten, hij heeft, in verreweg de meeste gevallen, zelf kunstenaar, vaak schrijver of dichter, willen worden. Hij is nochtans arts of psychotherapeut geworden. Hij stelt derhalve de hoogste eisen aan een onbereikbaar schrijverschap en houdt niet van de minsten. Hij heeft de klassiekers van Joyce en eerder geroemde Baudelaire op zijn naam geschreven en het is heel goed mogelijk dat hij passages of gedichten van deze en andere grootheden uit dezelfde epoche uit het hoofd kan opzeggen. Hij kan zelfs doen alsof hij Nietzsche snapt, doch zal weinig contemporaine auteurs een knip voor de neus waard vinden.

-De grote tijd van de literatuur is voorbij, kan hij apocalyptisch oreren. Mocht hij onder druk gezet worden om toch een hedendaags auteur te noemen, dan zullen ten langen leste wel weer de namen van de Geweldige Brabantse Bard of de op dat moment snel ouder wordende Oppergod der Vlaamse letteren klinken. Die kan hij tenminste verdragen.

De schrijfsels van Blaubeck daarentegen zijn zo weerzinwekkend dat hij niet meer dan drie pagina's op zijn nuchtere maag tot zich nemen kan. Probeert hij daarna verder te lezen, dan keert zijn maag zich om of moet hij zich klem zuipen om dit tegen te gaan. Sowieso eindigt deze oefening in een oeverloos kotsen, vanzelfsprekend voor zover kotsen kant noch wal kan raken. Althans, dat beweert de Blaubeckhater. Of nee, hij beweert het niet, hij schreeuwt het uit, niet zelden zijn woorden kracht bijzettend door reeksen verwensingen en vloeken.

We zouden nu abusievelijk tot de conclusie kunnen komen dat de Blauwbeckhater vanwege zijn heftige haat onmogelijk veel van Blaubeck kan hebben gelezen. Dat hij, met andere woorden, zijn haat uitsluitend baseert op diens presentatie, enkele vluchtig gelezen alinea's en half begrepen zinnen daargelaten. We lezen immers voor ons plezier en niet om weerzin op te wekken, laat staan om onze gezondheid te schaden. Niets blijkt minder waar. De Blaubeckhater is beter dan gemiddeld op de hoogte van het werk van Blaubeck. Hij kent de titels en globaal de inhoud van de meeste romans die Blaubeck heeft geschreven. Hij heeft beslist het een en ander te zeggen over diens stijl en de opvattingen die de schrijver in interviews en columns verkondigt. Op de keper beschouwd heeft hij over dit alles meer te melden dan het wicht dat daarnet met een terloopse uitlating de discussie aangezwengeld heeft. Wie zei ook alweer dat ze Blaubeck "boeiend" of "intrigerend" vindt? Belangrijker: hoe komt het toch dat de Blaubeckhater ook een Blaubeckkenner is? En dat zijn haat bijgevolg als ergens in gegrond moet worden verklaard?

Wie nu de gangen nu van de Blaubeckhater nagaat, die ontdekt dat deze noeste arbeider iedere ochtend een kiosk binnenloopt alvorens op de trein te stappen. En hetzelfde doet hij aan het einde van iedere werkdag, voordat hij huiswaarts keert. Het lijkt wel alsof hij onweerstaanbaar door de kiosk wordt aangetrokken en geen weerstand kan bieden aan de neiging, neen, de drang om daar een boek van Blaubeck van het stapeltje af te nemen. Weliswaar zal hij eerst in enkele tijdschriften hebben gebladerd of de achterflap van een ander boek hebben bestudeerd. Dit blijken even later slechts schijnbewegingen te zijn geweest. Want vrijwel gedachteloos maar trefzeker heeft hij de pagina opgezocht waar hij de vorige keer gestopt was met lezen, waarna hij enkele pagina's verder leest, om vervolgens gruwend van deze lectuur weer bij zinnen te komen. Dit geschiedt op het moment hij nog net zijn trein kan halen, zodat hij dan het boek snel weglegt, vaak niet op de plek waar hij het heeft opgepikt. De Blaubeckhater heeft dit natuurlijk alleen maar gedaan om zich nog maar eens ervan te vergewissen dat het een slecht boek is, zo niet het slechtste dat hij in lange tijd heeft gelezen. Het is wederom het ene cliché na het andere in dat boek. Personages en plot missen elke originaliteit en zijn totaal onwaarschijnlijk. Niet voor de eerste keer betreft het zonderlingen die niet in staat zijn tot het aangaan van enigszins betekenisvolle relaties, wat de Blaubeckhater, bij wijze van uitzondering, Blaubeck niet kwalijk neemt. Die heeft van kindsbeen af aan niet anders gekend. Maar de lezer, de Nederlandse en de

Vlaamse lezer, die zouden beter moeten weten. Die hebben ouders die hen liefhebben en vrienden waarop ze kunnen rekenen. Hoe is het toch mogelijk, vraagt de Blaubeckhater zich vertwijfeld af, dat zij met deze leegte hun boekenkasten vullen? Moet dat gezien worden als collectief snobisme, grootdoen met iets dat je eigenlijk verafschuwt? Hij kan er geen goede verklaring voor vinden, terwijl hij een zitplaats bemachtigt in de overvolle forensentrein.

Of we zien dat hij in de kiosk Het Nieuwsblad heeft gekocht. Een krant waaraan hij een hekel heeft, vooral ook omdat Blaubeck er een dagelijkse column in heeft. En nu hij is gaan zitten, slaat hij de krant open op de desbetreffende pagina om nog voordat hij een ander artikel gelezen heeft die column door te nemen. Of – van een rustig doornemen is eigenlijk geen sprake. Wanneer we zo staand in de trein onze Blaubeckhater gadeslaan, zien we hem wellustig grijnzen terwijl hij de column als het ware verslindt. Zijn gezicht heeft dezelfde uitdrukking als zat hij daar op dat moment een kop koffie met gevulde koek te consumeren. Hij heeft geen tijd gehad om die te kopen! We ontkomen niet aan de indruk dat deze man evenzeer geniet van zijn kleine orgies van walging en haat die hij aan het begin en einde van zijn werkdag voor zichzelf organiseert als we hem horen fluisteren:

-Dat is toch vreselijk... Of:

-Ongelooflijk, wat een nonsens!

Het is allemaal gedrag dat in flagrante tegenspraak is met de ostentatief beleden afkeer van Blaubeck. De Blaubeckhater schaamt zich ervoor, althans een beetje, tenminste voor zover hij zich er rekenschap van geeft. Het is niet zo dat hij thuiskomt, zijn tas in de bank smijt en uitroept:

-Moet je horen wat die vervloekte Blaubeck nou weer uitkraamt!

En desgevraagd zal hij na een tirade op een feestje veeleer ontwijkend antwoorden:

-Zoveel heb ik niet van hem gelezen... Ik zit veel in de trein. Je doet eens een tukje, je leest wel eens wat.

Jazeker, hij leest! Maar dan toch niet de vakliteratuur die hij zou moeten bijhouden. Hij besteedt waardevolle tijd, steeds meer van die tijd aan Blaubeck. Men zou dit nog met wat goede wil een studie kunnen noemen als de Blaubeckhater zelf dat niet allerheftigst zou ontkennen. En daarin moeten we hem misschien gelijk geven, want is het niet veel meer een verslaving?

We komen op belangwekkende vragen, waarvan de eerste is of haat, als dronkenschap, een roes is die toch ook plezierig ofschoon gehaat is. Waaruit voortvloeit dat in dat geval middelen om haat op te wekken verslavend kunnen zijn. Is Blaubeckhaat niet een gemaskeerde Blaubeckverslaving?

Wie Blaubeckhaat beschouwt vanuit de invalshoek van verslavingsproblematiek verkrijgt frappante inzichten. We zien dan niet langer een man die zich niet kan inhouden, die het niet lukt om zich te beheersen en daarom misschien ons mededogen verdient, ja zelfs zielig kan worden gevonden - maar we zien een man die hunkert naar een goed excuus om van wal te steken, om eens helemaal los te gaan. Hij is vanavond gekomen voor dat ene ogenblik van glorieuze haat. Zoals de alcoholicus direct bij binnenkomst de ruimte scant op drank, zo tast de Blaubeckhater het gezelschap af op mogelijkheden om het gesprek op de vermaledijde auteur te brengen. Hij fouilleert de aanwezigen met zijn ogen, op vage literaire belangstelling, argeloosheid, openheid, verveling, om op degene of degenen af te stappen bij wie hij zijn kansen het hoogst inschat. Hij doet dit ondanks dat hij weet dat hij zo meteen in woede zal uitbarsten en een grote kans loopt zich daarmee belachelijk en ongeliefd te maken. Hij gaat door met dit gedrag in de wetenschap dat het behalve tot sociaal isolement ook tot serieuze gezondheidsschade kan leiden. Hijzelf zal iedereen wijzen op de braakneigingen die bij hem ontstaan zo gauw hij wordt geconfronteerd met iets dat doet denken aan deze schrijver. Hij neemt het risico van versneld tandbederf en afvallen gewoon voor lief.

Intussen zit er zoveel tijd in activiteiten die te maken hebben met Blaubeck dat andere erdoor in de knel komen. Hij verschijnt de laatste tijd af en toe te laat op zijn werk omdat hij de trein gemist heeft...

En we naderen een belangrijk punt in deze verhalende beschouwing of dit beschouwende verhaal. Het zou zeker het breekpunt kunnen zijn of het cruciale moment waarop de centrale these uit de doeken kan worden gedaan - waarop we kunnen concluderen tot de hamvraag, om het zo - lelijk - maar eens uit te drukken. Het punt waarop een partieel en dientengevolge prematuur antwoord op die vraag kan worden gegeven. En het is in dit verband dat wij erop wijzen dat er reeds enkele wezenlijke zaken te berde gebracht zijn. Ze zijn tenminste gesuggereerd, zo niet gedeeltelijk bewezen. Wij herhalen er twee.

Ten eerste: de befaamde schrijver Blaubeck kan een intelligente marketingtruc geweest zijn.

Ten tweede: het is een vaak voorkomend doch inmiddels geheel opgehelderd misverstand dat er naast Blaubeckhaters ook Blaubeckliefhebbers hebben bestaan. Er is slechts één Nederlands literair publiek en daaruit hebben te zijner tijd de Blaubeckhaters zich afgesplitst. Ze zijn enige tijd als zelfstandige groep verder gegaan. Leden waren duidelijk te herkennen aan bepaalde gedragingen, alhoewel sommige daarvan onderbelicht zijn gebleven. Ons onderzoek heeft deze aspecten naar voren gehaald - op basis waarvan we gerust mogen kantdan wel aantekenen dat de typische Blaubeckhater even goed een Blaubeckverslaafde kan zijn geweest. En we kunnen hieraan toevoegen dat de groep als zodanig niet meer bestaat c.q. zich in de loop der jaren weer opgelost heeft in die ene, au fond ondeelbare groep zonder specifieke eigenschappen.

Alleen al daarom wordt het de hoogste tijd om ons te verdiepen in het middel of de middelen die deze tijdelijke verslaving toentertijd bewerkstelligden en in stand hielden. Laten wij dan eindelijk de aandacht richten op de stijl van Blaubeck zoals de schrijver die tijdens zijn leven ontwikkeld heeft.

*

Die stijl kenmerkt zich vanaf het begin door het noemen of optreden van talloze vriendinnen. De levens van de hoofdpersonen van de romans van Blaubeck lijken evenals zijn eigen leven vergeven van de vriendinnen. We ontmoeten in ieder hoofdstuk, in elke column wel weer een nieuwe vriendin, soms zelfs twee of meer. Het werk van Blaubeck puilt uit ervan, zodat je de neiging kunt krijgen om een boek met een klap dicht te slaan om te voorkomen dat ze van het papier af springen. Want al deze vriendinnen schreeuwen om onze aandacht.

Er kunnen twee typen worden onderscheiden. Het eerste type kan het best worden gezien als een aangeefster, zoals komieken die nodig hebben. Zij is de aanleiding tot de column omdat ze de aandacht van de schrijver ergens op gericht heeft. Zij is het die hem iets influistert of die hem op iets attendeert, die hem wijst op de een of andere kwestie die minstens even zijn interesse en analyse zou verdienen, waarmee is aangestipt dat ze het niet altijd bij het rechte eind heeft naar het immer messcherpe oordeel van Blaubeck.

Deze vriendin blijft doorgaans anoniem. Ze wordt veelal niet preciezer omschreven als “een vriendin”, wat, volgens sommigen, de schrijver blijft doen om zijn vader te jennen, die, zoals we weten, een bloedhekel heeft aan deze vage aanduiding.

-Een potsenmaker, een hansworst, een pias, dat is het! echoot zijn stem door de gangen van het ouderlijk huis van Blaubeck.

Zeer zelden zal een bijvoeglijk naamwoord als “lieve”, “knappe” of desnoods “scherpzinnige” voor “vriendin” staan, maar over het algemeen vindt Blaubeck dat onnodig. Alsof goede wijn geen andere krans behoeft dan op het juiste moment door de kenner te worden gedronken. Dat zij überhaupt vermeld wordt als vriendin, is voldoende dank of eer.

Voor zover vriendinnen wel nader worden beschreven blijkt het gezelschap van Blaubeck een waar rariteitenkabinet. Hij had een circus kunnen beginnen met die verzameling dwergen, eenarmigen of anderszins geamputeerden, hoog bejaarde verloofden en niet te vergeten zwangere of zojuist bevallen moeders bij wie hij voor, tijdens en na de bevalling in bed kruipt en die hem een serie petekinderen baren. Althans, als wij zijn columns mogen geloven. Want er rijst gerede twijfel of zulke vriendinnen wel bestaan hebben.

Maar het is waarschijnlijk dat hun talrijkheid, hun opofferingsgezindheid en, voor zover beschreven, hun eigenaardigheden hebben bijgedragen aan het aureool van Blaubeck als hogepriester en als heilige, om niet te zeggen als Messias. Ze zijn nu eens de sieraden die Hij vandaag uitgekozen heeft om te dragen en die Hij morgen in het water zal werpen. Dan weer zijn het dwepende volgelingen die Hem met palmbladeren koelte toewuiven terwijl Hij op Zijn ezel de stad inrijdt. Op een andere dag doen ze denken aan priesteressen uit vervlogen tijden. Ze vertonen zich in onze fantasie als in witte, doorschijnende gewaden gehulde nymfen die in een heiligdom een doorlopende eredienst gaande houden. Via hen kan men de Grote Schrijver een prangende vraag voorleggen. Alleen op voorspraak van hen buigt Hij zich over voor Hem verder totaal onbelangrijke zaken. Men mag hopen dat zij Hem weten te bewegen tot de verhoopte gunst of genezing. En voor hun dagelijkse devotie verlangen de Blaubeckzusters geen wederdienst - niet meer dan een eervolle vermelding in de desbetreffende tekst: "Een vriendin vertelde mij dat..."

Zo'n leven als entourage of ornament klinkt misschien niet aanlokkelijk, maar bedenk dat de grootsheid van een monument geschraagd wordt door het pietluttigste tierlantijntje en evenzeer erop afstraalt. Het versiersel deelt tenminste in de glorie. Betreurenswaardiger is het lot van de vriendin van het tweede type. Zij kan in deze metafoor getypeerd worden als de in de lompen gehulde, door het noodlot getroffen, desperate bedelares op de trappen van het bordes. Zij bidt om gerechtigheid onderaan de zuilen van dit soevereine bouwwerk. Zij smeekt om toegang voor de massieve houten poort, om te worden toegelaten tot de wet - die daar binnen ergens hoog opgetast moet liggen. En ja, voor die wet staat een onverbiddelijke wachter... Deze vriendin zoekt toenadering of meer toenadering tot de protagonist in het werk van Blaubeck. Zij zal die dus vaak eerder in het boek hebben ontmoet. Hij is reeds meerdere malen bij haar op visite gekomen om aan haar keukentafel uit zijn slaperige ogen te kijken en onzin te verkopen. Zijn vreemde en nooit helemaal begrijpelijke uitspraken zijn eerst ontwapenend, verleidelijk en amusant geweest, maar geleidelijk vervelend of zelfs irritant geworden. Ze is nu op het punt gearriveerd dat ze wil kennismaken met de persoon achter de verhalenverteller, dat ze zijn werkelijke emoties wil leren kennen of op zijn minst een authentieke reactie op haar eigen gevoelsuitingen mag verlangen. Ze heeft zo langzamerhand de buik vol van de zoveelste rake observatie of gevatte opmerking. Ze weet onderwijl heus wel dat hij vriendinnen heeft gesproken en dat die hem op bepaalde ideeën hebben gebracht. Die vriendinnen kunnen, wat haar betreft, ter plekke de vliegende tering krijgen. Ze wordt er schijtziek van. Ze zou hem dat masker willen afrukken, die vermomming waarachter toch zijn kwetsbare ziel moet schuilgaan. Doch op zulke momenten zal de Blaubeckiaanse hoofdpersoon niet thuis geven. Op essentiële en op andere momenten is zijn eerste verdedigingslinie een onbarmhartig stilzwijgen dat slechts met heel veel goede wil als een onvermogen kan worden opgevat. Want indien de vriendin nu nog meer aandringt, zal hij zijn toevlucht nemen tot grovere middelen. Hij zal haar avances als claimend bestempelen. Hij zal haar behoefte aan verdieping, loyaliteit, kameraadschap aan de kaak stellen en verwerpen als zucht om hem in een keurslijf te dwingen. Hij past geenszins in dat harnas. Hij is er veels te groot voor. Hij zal tenslotte haar motieven analyseren en aantonen dat die onecht, onheus, hysterisch en in de grond van de zaak vals zijn.

Enkelen van deze vriendinnen duiken op in columns van Blaubeck, echter minder vaak dan vriendinnen van de eerste categorie. Zij worden herkenbaar beschreven en blijken dan bovendien bekende of semibekende Nederlanders te zijn. Blaubeck schrijft het vaakst over en aan de foeilelijke Katrien Paars, wier enige verdiensten in het leven zijn dat zij dochter is van de beruchte polemist Pieter Paars en dus dat zij enige tijd een relatie met Blaubeck gehad heeft. Zij komt voor in zijn werk als Kat, een beest van een vrouw dat hem steeds besluipt en bespringt wanneer hij er niet op bedacht is. Blaubeck lijkt op dat moment geen weerwoord te hebben. Het lijkt alsof hij het zwijgen ertoe gedaan en zijn ogen gesloten heeft om munitie te verzamelen voor later. Pas als ze niet meer bij hem is, zal hij zijn pen ter hand nemen en in gif dompelen. Zijn antwoord komt vertraagd per brief of email als weloverwogen verklaring, die dan behalve aan haar gezonden ook als column gepubliceerd wordt. Zijn afwijzing van de emotioneel gemaltraiteerde en uitgehongerde Kat is genadeloos en publiekelijk, zoals Blaubeck alle vriendinnen van het tweede type aan de schandpaal nagelt.

Toch zouden we ons deerlijk vergissen als we, op basis van hun getal of de hoeveelheid tekst die aan hen besteed wordt, zouden concluderen dat deze vriendinnen of meer algemeen vrouwen een thema zijn voor Blaubeck. Het grote thema in zijn werk is de onthechting en de noodzaak daartoe. Het is er om te doen aan te tonen dat men gevoelens moet wantrouwen en dat menselijke communicatie, en zeker naarmate zij normaler lijkt, toneelspel is. Niemand is werkelijk in staat om de ander te begrijpen en eigenlijk is niemand daarop uit. Mensen kunnen geen zin- of betekenisvolle relaties aangaan. Liefde bestaat net zo min als God leeft. Alles is nep. De vriendinnen zijn volkomen oninteressant als onderwerp – zij zijn op zijn best één van de middelen waarmee de onthechting stilistisch voelbaar gemaakt wordt.

Het is misschien om die reden dat zij één kenmerk delen dat niet direct opvalt, wat allicht te maken heeft met dat de anonieme toewijding van de ene en de grenzeloze liefde van de ander in eerste instantie de erotische fantasie van menig man zal prikkelen. Wie verder leest, zal ontdekken dat zij verbijsterend aseksueel zijn. Worden in *Gemeenplaatsen* nog wel seksuele toespelingen gemaakt en enkele handelingen beschreven die in de verte iets weghebben van voorspel, zelfs in deze debuutroman over een amoureuze zoektocht is er geen enkele passage die zich leent als vertrekpunt voor een masturbatiefantasie. Dit ondanks dat het bedienen van de jeugdige onanist een belangrijke functie van de Nederlandse literatuur van die tijd is. Welnu, deze blijft na lezing van *Gemeenplaatsen* achter met lege, want onbezoedelde handen. Dat wil zeggen als hij het al niet terzijde gelegd heeft om elders zijn gerief te halen. In de opvolgers *Bijvangst* en *Spookrijder* is seks of de wat gedetailleerdere opwindende uitweiding daarover helemaal met een lantaarntje te zoeken. *Bijvangst* gaat over een clubje studenten dat grandioze plannen om de wereld te bestormen schipbreuk ziet lijden. Ofschoon zo'n bronstig groepje voor een schrijver de kat op het spek binden is qua voedingsbodem voor stevige geëxpliciteerde seks blijft het in *Bijvangst* bij het tellen van de keren dat de personages gemeenschap met elkaar hebben. De held van *Spookrijder* is een bazelende vrachtwagenchauffeur en wannabee schrijver die na ettelijke onwaarschijnlijke omzwervingen doorbreekt als auteur van reisboeken voor reformatorisch gezinden. In deze "complexe" roman ontbreekt de seks helemaal. Er wordt zelfs nauwelijks naar verwezen.

Er gebeurt nog iets anders in *Spookrijder* dat verwijst naar een belangrijker kenmerk van de stijl van Blaubeck zoals die in de loop van zijn schrijverschap tot ontwikkeling komt. *Spookrijder* is de eerste roman die in de derde persoon enkelvoud is geschreven. Blaubeck zal voor wat betreft zijn romans nooit meer terugkeren naar de ik-vorm, zodat retrospectief kan worden gezegd dat hij op dat punt in zijn schrijversloopbaan zich ontdoet van de eerste persoon enkelvoud. Ook in zijn andere werk (de columns, rapportages, essays enz.) wordt gaandeweg het gebruik van de ik-vorm tot een minimum beperkt. Het lijkt alsof er bij Blaubeck een afkeer van het ik en daarmee van het subject en het subjectieve rijpt. Alsof hij gericht poogt het zoveel mogelijk uit zijn werk te elimineren of tenminste de aanwezigheid ervan daarin te reduceren tot uitspraken die dan aangeven dat de ik-persoon niemand iets verschuldigd is. Hij heeft niks toegezegd, laat staan afgesproken en hij voelt zich niet verplicht voor zover een ander meent aanspraak op hem te kunnen maken. Er hoeft niet op hem te worden gerekend en sowieso zijn normale sociale regels niet van toepassing op hem. Men kent hem - dit ik dus - niet of slecht en hij stelt er bij tijd en wijle een sardonisch genoegen in om teleur te stellen of te kwetsen. Op andere momenten voelt hij daarbij niets bijzonders.

De terugtocht van het ik uit zijn werk is aanvankelijk een stille, zonder verbranden van vlaggen of tromgeroffel. Het is eerder zo dat de verteller als aparte entiteit stilaan verdwijnt uit zijn proza. Maar dan is er in 2002 dat legendarische essay *Ik liegt* dat als een manifest kan worden gelezen.

Blaubeck schrijft het essay op uitnodiging van de Stichting Collectieve Propaganda van het Nederlandse Boek voor de boekenweek. Het thema van dat jaar is suïcide en het hoeft niemands verbazing te wekken dat men Blaubeck heeft gevraagd. Een enkeling beweert zelfs dat het speciaal voor hem gekozen is, daar geen Nederlandstalige schrijver vaker het advies gekregen heeft zo snel mogelijk zelfmoord te plegen of anderszins dood gewenst is.

Blaubecks essay gaat over de grote Portugese schrijver en dichter Pessoa, die, weliswaar onder verschillende heteroniemen schrijvend, vrijwel uitsluitend de eerste persoon enkelvoud gebruikt om de allersubjectiefste indrukken en gevoelens weer te geven. Zijn magnus opus en bekendste boek (der rusteloosheid) is geen verhaal maar een omvangrijke verzameling losse stukjes die de dromen weergeven van een alleenstaande kantoorbediende die in het dagelijks leven niets van belang meemaakt. Hij doet niet veel meer dan door de straten van Lissabon slenteren, een stad die hij nauwelijks verlaat, en werken. Hij wordt niet verliefd, gaat geen intieme vriendschappen aan en beleeft geen enkel avontuur. Die vinden plaats in zijn gedachten, waarin hij afreist naar exotische landstreken en vaak een ander is of wenst te zijn. Pessoa heeft weliswaar niet de hand aan zichzelf geslagen maar wel in stilte zoveel gedronken dat dit uiteindelijk zijn dood geworden is. Hij stierf op 30 november 1935 aan de gevolgen van een alcoholvergiftiging. Niemand zou hem ooit dronken gezien hebben. Vanaf de eerste zin werkt Blaubeck toe naar de belangrijkste stelling van dit essay. Die is dat Pessoa de verdoving en de vergetelheid nodig had omdat zijn subject onmogelijk is. Dat Pessoa's pogingen om het desalniettemin vorm te geven vergeefs en dus wanhopig zijn en dat zijn ik steeds links en rechts door de harde werkelijkheid wordt gepasseerd. Volgens Blaubeck is het ik van Pessoa: "... een tragische vergissing, een panische leugen om bestwil - die slechts standhoudt mits je niet al te nauwkeurig kijkt, als je de dingen dubbel ziet. Het is hol, leeg, vluchtig als de roes waarin de wereld alcoholisch vervormd is." Dit betogende komt de succesvolle prozaschrijver die het toch vooral moet hebben van de atonale filosofische mijmering tot zijn dichterlijkste proza, waarom we hem graag zelf aan het woord laten:

"Pessoa alias Bernardo Soares beschrijft geen voorvallen anders dan het komen en gaan van regen en wind en het vallen van de avond. In het *Boek der Rusteloosheid* mankeert de interactie. Het zijn niet meer dan korte uitwisselingen van beleefdheden of informatie tussen kantoorgenoten die worden beschreven. Men groet elkaar; men kan een adres niet lezen of weet niet waar een bepaald document moet worden opgeslagen. Wat gezegd wordt, is formeel en onbelangrijk. Het gaat om de onweerswolk die de zon verduisterd heeft, om de wind die opsteekt - om de plotseling invallende duisternis. De ik-persoon heeft het voortdurend over zichzelf in deze context en noteert hoe veranderlijk hij is, kan of wil zijn. Vaak, terwijl het begint te regenen, constateert hij dat hij zichzelf niet kent. Hij is een ander, maar tijdelijk, of fantaseert dat hij een ander of anderen is. Hij wandelt door Lissabon in het avondlicht en weet dingen voordat hij ze weet en denkt voordat hij daadwerkelijk gedacht heeft. Hij stapt op de tram als de dag aanbreekt en registreert de geelachtig grijze of vaag roze kleur van de wolken die op dat moment een bepaalde betekenis heeft of meerdere betekenissen krijgt. Hij wil emigreren maar vertrekt nooit naar die onbekende landschappen die hij in zijn dromen kan bezoeken; hij droomt zich elders, is een reiziger maar in gedachten en blijft in de schaduw van de stad, waar hij een kamer bewoont en in een kantoor arbeidt. Het is het weer en de vele kleuren die de wolken kunnen aannemen. Het is bovenal het licht, het licht van de zon dat flets, goud, stralend of paars kan zijn, dat het nerveuze ritme van dit boek bepaalt. Tussen eindeloze, repetitieve observaties van weer en licht en het effect daarvan op huizen, ruiten en plaveisel projecteert Pessoa zijn ik in abstracte overpeinzingen. Is leven, is waken niet een vorm van dromen? En dromen we dus dat we dromen?

Het is een boek dat je op een gegeven ogenblik vermoeid naast je neerlegt om niet meer te weten waar je bent gebleven als je het weer oppakt. Het is prachtig geschreven in een exact, sober proza. Het staat vol krachtige zinnen, stuk voor stuk aforismen, die op zichzelf kunnen staan, die getuigen van een lucide inzicht dat zou moeten verlichten, maar die toch zwaar vallen.

Omdat het boek kop noch staart heeft. Het begint zomaar ergens en eindigt nergens. Op de laatste bespiegeling had een nieuwe kunnen volgen, net zoals je het boek niet hoeft uit te lezen. Wat nog komt, is gelijk aan wat is geweest. Na een pagina of honderd is het duidelijk: deze 'onvrijwillig gemaakte experimentele reis' zal vastlopen als de sloep van een dronken zeeman op een sneeuwwit strand in de brandende zon. Zijn schip is vertrokken, hij kan niet meer mee. Hij mag van geluk spreken dat hij daar ontwaakt is en niet voor eeuwig slaapt op de bodem van de zee."

Ik liegt is veel besproken en gelauwerd. Het wordt algemeen beschouwd als de revanche van deze gesjeesde gymnasiast op de leerkrachten die hem destijds naar moeders schoot en naar de psychiater verwezen hebben en zijn medeleerlingen die daarbij met leedvermaak toekeken. Zij haalden toen de achten en negens, maar hij wint nu een prijs voor zijn overwegingen. Blaubeck is de prijs niet gaan ophalen, zoals zovele andere prijzen. De boodschap kan zijn geweest dat hij geen diploma nodig heeft...

Ware het niet dat het leven van Blaubeck een opmerkelijke parallel met deze stilistische ontwikkeling vertoont. Tegelijk met het verdwijnen van het subject uit zijn werk, is hijzelf steeds langer afwezig in zijn eigen leven. We vernemen in het midden van de negentiger jaren eerst dat hij Nederland verlaten en domicilie gekozen heeft in Rome, waar hij lang een groot appartement boven een herenmodezaak aan de Via del Serpenti zou hebben bezeten. Dan horen we dat hij undercover werkt als barkeeper bij een bekende nachtclub in Wenen. Hij bericht over zijn wederwaardigheden in die hoedanigheid in zijn vaste rubriek in Het Nieuwsblad. We lezen wat collega's en bezoekers hem toevertrouwen. Overigens maakt niemand bezwaar tegen het aldus infiltreren van en uit de school klappen over de levens van anderen. Men zal in Oostenrijk niet hebben geweten wat er in Nederland in de krant stond. Als de term embedded eenmaal in zwang gekomen is, zal Blaubeck steeds vaker en misschien ook wel steeds gevaarlijker embedded gaan. Dat wil zeggen: hij maakt gebruik van de bescherming die deze constructie biedt maar laat zich weinig gelegen liggen aan de wensen van zijn gastheren. Hij begeeft zich onder hen, slaapt bij hen, eet, praat en lacht met hen en wint hun vertrouwen, doch zal hen altijd anders portretteren dan zij hopen. Hij benadrukt steeds die ene handeling of dat ene zinnetje dat in strijd is met al het voorgaande, liefst zonder dat het slachtoffer zich bewust ervan is. Hij lijkt daarnaar op zoek. Of de gastheer nu een min of meer normaal gezin is - want je kunt je afvragen hoe normaal of gezond het gezin is dat zo'n gast opneemt. Of dat het een legereenheid op vredesmissie is. In het laatste geval heeft Blaubeck het nauwelijks over oorlog, geweld en lijden. Hij heeft het des te meer over de alledaagse perikelen en besognes van de mensen die er middenin zitten, die in de verslagen van Blaubeck nauwelijks afwijken van wat hij elders aantreft. Hij is zodoende steeds vaker van huis of niet thuis in Rome, voor zover dat een thuis voor hem is geweest. Hij is op reis, ondergedoken in andere levens of ingebed daarin.

Blaubecks latere romans zullen zich afspelen in vreemde contreien waar oorlog woedt en extremisme welig tiert. Zijn beschrijvingen van verwoesting en leed zijn vluchtig, als met grove penseelstreken geschilderde achtergronden voor toneelstukken. Decors die de aannemelijkheid van een plot moet vergroten. De personages en verwikkelingen blijven net zo buitenissig als in zijn eerdere werk. Ze zijn nu alleen geobjectiveerd, bij wijze van spreken.

Mocht het een acteur zijn geweest die Blaubeck speelde, dan zal de toegenomen afwezigheid hem niet slecht uitgekomen zijn. We kunnen ons voorstellen hoe zeer het langdurig spelen van zo'n rol ten koste van zijn privéleven is gegaan en hoe blij hij zal zijn geweest met meer tijd voor zichzelf. Ook voor de uitgeverij moet zijn honorarium zo langzamerhand een grote belasting zijn gaan vormen. We kennen het type dat in een eeuwig durende soap speelt en kapsones krijgt. Hij zal voor de schaarser wordende voorstellingen een hogere gage hebben bedongen en misschien allerlei bijkomende eisen zijn gaan stellen.

Het moet gezegd worden dat deze acteur zijn rol met overtuiging en verve speelt en zich onvervangbaar maakt. Op de planken is hij onmiskenbaar één van de grootste sterren van zijn tijd, zoals er voor hem, met hem en na hem sterren zijn. Hij heeft alle kenmerken die zo'n stralende ster moet hebben, inclusief het op het juiste moment op de juiste plek aan de hemel opdoemen, zodat allen opkijken en een neiging voelen om te volgen. En daar gaat het op naar Bethlehem, waar een Zoon van God in een stal moet liggen! In de schijnwerpers is hij een ster van alle tijden en in niets te onderscheiden van andere sterren. En als we de Nederlandse letteren voor de verandering nu eens niet als het zwerk maar als een woeste zee zouden zien, dan zou Blaubeck daarin op- en onderduiken als een ranke dolfijn. Het maakt in feite niks uit of we de Nederlandse literatuur nu als het zwerk of als oceaan begrijpen, Blaubeck is er hoe dan ook een vis in het water. Mede door het subject te dumpen, heeft hij zich aangepast, is hij erin opgelost, erin verdwenen - zodanig geassimileerd dat hij niet meer als zelfstandig persoon herkenbaar is.

We zouden zowaar kunnen stellen dat het gebruik van de eerste persoon enkelvoud verraderlijk voor hem wordt wanneer we even terugdenken aan incidentele uitbarstingen als die naar de vermaarde recensent Peter Allemansvriend van Het Nieuwsblad die hem steeds een warm hart toegedragen heeft:

"Ik ben uw geestelijk leidsman noch uw leraar op enig gebied. Voor de goede orde: ik haat tennis! Ik ben niet uw huisvriend, niet uw minnaar en warempel geen gelijkwaardige gesprekspartner. Hoewel ik u niet zal tegenspreken als u me uitnodigt aan uw dis of op uw verjaardag. Als u meent mij enkele dagen onderkomen te moeten bieden of te moeten opvangen. Als u met mij de discussie zoekt of mij met uw vinger de plaats naast u in bed aanwijst. En of u nu de pater familias, diens theatrale echtgenote of de volstrekt schizofrene dochter des huizes bent. Ik zal die middag, die avond, die nacht, soms zelfs het hele weekend dat zijn wat u wilt dat ik ben of tenminste niet laten merken dat ik eigenlijk iets heel anders ben. U mag in mij enige tijd de fijnproever zien die uw kookkunsten naar waarde weet te schatten. U mag mij ook benoemen tot bank voor al uw gulle giften, of dat nou financiële, affectieve of seksuele zijn. Ik zal als een kameleon uw kleur aannemen om uw werkelijkheid zo min mogelijk te verstoren en tijdelijk opgaan in alles wat u bent of wat u in essentie denkt voor te stellen.

Maar verwacht u niet dat ik dat gratis en voor niets doe! U beging een vergissing toen u mijn geloken ogen voor slaperigheid aanzag. En toen u de zoentjes en beetjes in uw nek interpreteerde als speelsheid. Ik was de hele tijd door klaarwakker en hyperalert. Terwijl ik u likte, proefde ik hoe u smaakte. En toen ik mijn tanden in u zette, testte ik de veerkracht van uw vlees. U dacht dat ik uit uw hand at, maar ik ben nooit op iets anders uitgeweest dan het moment waarop uw aandacht verslapt. Nee, ik ben geen goede kennis! Toen u mij bevorderde tot eregast, toen uw loopse echtgenote mij onder de tafel haar slip aanreikte, toen uw hallucinerende kleuter mijn slaapkamer opwaggelde, heb ik nooit iets anders gedacht dan aan hoe ik mij met dit alles zou voeden. Hoe ik mijn honger zou stillen en mijn dorst zou lessen met precies datgene wat u het dierbaarst is, wat u voor onvervreemdbaar authentiek en onaantastbaar mooi houdt. Ik was vermomd; u herkende mij niet als iets dat niet in uw midden thuishoort.

Ik ben een parasiet, een koekoeksjong dat zich volvreet ten koste van uw kroost, die de hongerdood gestorven is tegen de tijd dat ik uitvlieg. U mag mij ook een vampier noemen, want ik ga ’s nachts op pad om de zuiversten onder u te beroven van hun levenssappen. Bedenk dat zij er onsterfelijkheid voor terugkrijgen. Ik ben uw ergste nachtmerrie, het beest, het roofdier en zal u de gepaste eer bewijzen. Ik zal toeslaan wanneer u uitrust, wanneer u in slaap gesust bent, wanneer u het het minst verwacht. Ik zal u scheiden van de kudde en opjagen als niemand u meer verdedigen kan of wil. Als ze allemaal van een afstandje toezien. Hoe ik naar u opspring, u met een haal van mijn poot naar de grond trek en u de strot doorbijt met dezelfde tanden die u geliefkoosd hebben. Dezelfde handen die u streelden, zullen u villen en aan stukken rijten. Het is aan mij om u ter plekke te verorberen of te begraven en weer naar boven te halen wanneer het mij blieft. Vergeet nooit: u bent om op te eten!...

En u, mijn waarde lezer, u die mij 'vermakelijk', 'fascinerend' en zo verder vindt, u kijkt toe terwijl ik uw soortgenoot verslind. Als ik een dief of een moordenaar ben, dan bent u mijn medeplichtige. Als ik een seksuele deliquent zou zijn, was u een voyeur."

Misschien gaat het te ver om dit afzien van de ik-vorm als een geniale zet te zien; Blaubeck is er wel zijn tijd ver vooruit mee. Pas recent hebben taalwetenschappers onomstotelijk aangetoond dat "beginnen met ik" een zwaktebod is. Dat het minstens een eeuw het adagium van talloze assertiviteitstrainingen is geweest, blijkt een groteske miskleun. Tenminste indien we aannemen dat die trainingen werkelijk bedoeld waren om mensen weerbaarder te maken. Want retrospectief kan worden gesteld dat zo generaties minkukels en losers van de regen in de drup geholpen zijn. Een mening of, nog riskanter, een gevoel uiten in de ik-vorm correleert met de verwerpelijke oprechtheid en het zinneloze zoeken naar verbondenheid van leden van de lagere sociale klassen. Die weten, nog voordat ze hun mond geopend hebben, dat men hen niet zal laten uitpraten en dat ze zullen worden overstemd. Die rekenen op scepsis, ironie, sarcasme, afwijzing en onverschilligheid. Wie benadrukt dat het zijn persoonlijke en vaak ook nog "bescheiden" mening is, die impliceert dat de ander iets anders zal vinden en bovendien dat hij zal worden tegengesproken. Met een "ik vind", een "ik ben van mening dat" of "mijns inziens" maak je meteen belangrijk en in wezen belangrijker wat de ander vindt. Je nodigt de ander uit om zijn ongetwijfeld beter onderbouwde en met meer mensen gedeelde standpunt te geven. Wie begint met "ik" stelt zich onderdanig op. Hij is automatisch in de minderheid, degene die het slachtoffer wordt. Hij steekt een onzekere, bevende hand uit die ronduit geweigerd of, zo mogelijk nog erger, faliekant genegeerd wordt. De eerste persoon enkelvoud is vragen om een pak slaag!

En dat is een rol die onze Alfonso R. Blaubeck - auteur of acteur, dat is de vraag - niet ligt. Hem passen andere wegen om zijn opvattingen te ventileren, om niet te zeggen: de vrije loop te laten.

Indien wij ons hier, in dit geschrift, bedienen van de pluralis majestatis, dan is daarover nagedacht, dan hebben we daar beslist een bepaalde bedoeling mee. Vanaf het begin van ons betoog is die veeleer de lezer bij de hand te nemen en mee te voeren dan om een of ander ik gewichtiger te maken. Wij zien in u een metgezel op reis, een kameraad, de zielsverwant, met wie wij samen een weg vinden in deze precaire materie. Uw deelname is ons een eer en een genoegen; u bent meer dan welkom. Wanneer Blaubeck in de eerste persoon meervoud spreekt, is het oppassen geblazen! Opeens middenin een alinea of minder onverwacht aan het einde van een stukje in de krant trekt hij een conclusie namens ons. Hij zegt dat we zus of zo in elkaar steken en duwt ons dat door de strot zonder dat we een kans hebben gekregen om het menu te bestuderen. Net zo vlug distantieert hij zich van wat hij ons in de maag gesplitst heeft en sommigen doet vomeren. Deze participerende observant is vertrokken zodra hij ons heeft kunnen betichten van een uiterst onwenselijke eigenschap. Net zoals wanneer hij ingebed is, blijkt hij slechts tijdelijk te hebben geveinsd dat hij lief en leed met ons deelt. Hij heeft dat gedaan om "onopgemerkt dichterbij te sluipen", opdat we het gelijk doorslikken, het liefst voor zoete koek. "We nemen het nou eenmaal gemakkelijker aan van een verwant dan van een vreemde" schrijft hij ergens, waarmee hij tevens laat weten dit principe doorgrond te hebben en erboven te staan. Zijn "wij" is bij nadere bestudering een "jullie". En zijn stellingname is niet het logische eindpunt van een redenering op basis van algemeen aanvaarde premissen; zij is een lasterlijke aanklacht.

"We nemen het nou eenmaal gemakkelijker aan van een verwant dan van een vreemde." Keer deze uitspraak om in zijn tegendeel en je zou met een beetje fantasie kunnen uitkomen op een volkswijsheid als: vreemde ogen dwingen. Daarmee hebben we dan nog een kenmerk van Blaubecks stijl te pakken. Het is het derde en het laatste dat we zullen bespreken. Want het is door de systematische toepassing van deze stijlvorm dat Blaubeck zich onderscheidt van de andere auteurs van zijn tijd. Het is tevens het kenmerk dat zijn werk voor sommigen zo onverteerbaar maakt. Hij had desnoods miljoenen vriendinnen kunnen opvoeren en uitsluitend in het koninklijk meervoud kunnen schrijven – geen mens zou het lezens- of vermeldenswaardig hebben gevonden, maar wat een poëzie zou dat hebben opgeleverd! Het is zijn obsessie met het omkeren in het tegendeel van basale bestaanszekerheden of vuistregels voor het verwerven daarvan die hem de roem heeft gebracht.

Het blijkt een formule die overal en altijd en ook op concrete zaken met succes kan worden toegepast. Normaal gesproken zou je toch zeggen dat het vaartuig uitgevonden is om mensen over het water te transporteren. Maar aan een schip dat de haven verlaat en na een poosje ergens anders aanlegt, is weinig betoverend, tenzij je er van alles bij fantaseert. Dan moeten er al het gestamp en de damp van stoommachines bijkomen of zeilen die scheuren in een storm en geliefden die elkaar kwijtraken en weerzien. Aan dit alles heeft Blaubeck nul komma nul boodschap. Zijn kracht ligt in de omkering. Opvarenden die bij gratie van de stoomboot bestaan. Zonder boot geen opvarenden, die zouden pardoes verdrinken als het schip wordt weggedacht. Zoiets. Trouwens: het zeilschip legitimeert het water... In deze lijn kan men bedenken dat het de wieken van de molen zijn die verklaren dat er wind is. Zonder de wieken zou de wind volkomen nutteloos zijn, zomaar wat rondblazen zonder ervaren te worden of iets aan te drijven.

Blaubeck verkrijgt de mooiste resultaten door de formule los te laten op abstractere begrippen, op de grote thema's van de mensheid: agressie en liefde. De omdraaiing kan dan de hypnotiserende werking krijgen van een paradox, waardoor zo'n onmogelijke constructie als een schijnbare paradox ontstaat. Omdat een tegenstrijdigheid een tegenstrijdigheid blijft hoe paradoxaal die ook klinken moge. We kunnen niettemin volhouden dat als er iemand de schijnbare paradox uitgevonden en te gelde gemaakt heeft dat dat Blaubeck geweest is. Deze voetnoot ontleent zijn bestaansrecht eraan.

Laten we in dat verband nog eens terugkomen op seks en erotiek in het werk van Blaubeck en daarbij in gedachten houden wat hierover eerder is geconstateerd. Blaubecks vriendinnen zijn aseksueel en zijn boeken bevatten zo goed als geen tot de verbeelding sprekende erotiek. Welnu, Blaubeck zal dan ook beweren dat we alles erotiseren, van de zandkorrels in de woestijn tot de riolen van een miljoenenstad. Volgens hem is alles erotisch en seksueel behalve de geslachtsdaad zelf. Als er iets is dat niks met seks te maken heeft, is het dat wel. "Verbijsterend proza", zal Allemansvriend oordelen.

Nog indrukwekkender is Blaubeck bezwerende vertoog over moraal, haat en mededogen. Een greep uit zijn vondsten: Moraal, welke moraal dan ook, is slechts een excuus voor agressie. Haat is principieel en beleefdheid hooguit een vorm van wapenstilstand. Het is zelden het slachtoffer dat echt het slachtoffer is. Veel vaker is dat de dader of de beul, die het slachtoffer is van zijn lust en het systeem. We vereren desondanks het slachtoffer als held. Er is niets menselijks aan dit slachtoffer dat zijn hoofd gewillig op het hakblok gelegd heeft. We zouden ons meer moeten verdiepen in de empathie van de beul, die weldoet door dit slachtoffer uit zijn lijden te verlossen. Dolende zijn degenen die de liefde zoeken en in haar een kracht zien die samenbrengt en verenigt. Zij zijn dolende als de middeleeuwse ridders die de Heilige Graal zochten. Liefde leidt tot verwijdering. Paranoia verbindt de mensen.

En, niet te vergeten: medelijden is agressie! Hulp is kwetsend. Of, nog sterker: wie wil helpen, die dient te kwetsen. Het is op basis van dit grondbeginsel dat Blaubeck in zijn werk velen zal kleineren, uitschelden of op andere wijze verbaal mishandelen, terwijl hij zich voordoet als hulpverlener, dokter, soms zelfs als verlosser of zaligmaker. En het is waarschijnlijk dit parool dat sommige hulpverleners als een dolk in het hart treft en hen tot Blaubeckhaters heeft gemaakt. Nogmaals, het zijn geen hoogleraren of raden van bestuur die dit raakt. Zij kijken neer op en genieten van het gekreun en gekronkel onder hun voeten evenzeer als Blaubeck. Reden om de grond nog eens extra aan te stampen, dat zorgt voor een solide fundament. We hebben het over het gewone voetvolk, dat dagelijks de operaties uitvoert die de kwaadaardigheid moet verwijderen. Dat de pleisters plakt, dat geruststelt en troost als die weer heeft toegeslagen. Sommigen onder hen zullen in Blaubeck onmiddellijk het monster herkennen dat zij in lange werkdagen en tegen beter weten in bestrijden. Ze zien in hem de infectie, het beest dat zich uitgeeft voor wat zij werkelijk zijn. Ze herkennen hem aan zijn postuur, aan zijn gang, aan zijn oogopslag, aan zijn schmierende en flemende woorden, die snijden en kerven in plaats van helen. Ze herkennen hem aan het aspecifieke rode staartje dat onder zijn witte jas uit bungelt en natuurlijk aan die penetrante geur die toch eigenlijk bij iedereen de fysieke reactie zou moeten oproepen die zijn vertonen nog voordat ze iets gedacht hebben...

*

U en ik, wij dus, zouden het liefst zonder weerstand door het leven gaan. Bespaar ons die kletspraatjes over pieken die geen pieken zouden zijn zonder dalen en dat er zonder verzet geen overwinning mogelijk is. We hoeven niet steeds te worden herinnerd aan dit aards tranendal! Betreden wij een ijsbaan en binden we de ijzers onder, dan is het niet om met een smak onderuit te gaan. Geen onzer heeft behoefte aan een uiteenzetting met de zwaartekracht. We zien ons gearmd over de piste zwieren en dromen van eindeloze pirouettes in gewichtloosheid.

Doch dit is niet de filosofie van Blaubeck, die voor één van zijn boeken een uitspraak van Charles-Maurice de Talleyrand als motto neemt: “Men leunt niet tegen iets dat geen weerstand biedt”. In de ogen van Blaubeck is de te nemen hindernis belangrijker dan de sierlijkste sprong. Kiezen van een levenspartner, een minnares of vriend is bijzaak. Het is door de keuze van de tegenstander dat men zich onderscheidt... Misschien dat het daarom zo lang duurt voordat hij het gevecht aangaat.

Misschien ook dat hij lang getwijfeld heeft over of hij de intussen stokoude Oppergod der Vlaamse letteren zal uitdagen. Want zelfs in die tijd moet blaubecks naam met een kleine letter worden geschreven als die in één zin met de naam van de Oppergod wordt gebezigd. Je hebt goden maar er kan er maar één de Oppergod zijn. En Hij zetelt nog steeds onomstreden op Zijn troon in Oostende, alwaar Hij aan de lopende band meesterwerken blijft produceren in een tempo en van een kwaliteit waarvan blaubeck alleen maar dromen kan en die hij inderdaad nooit zal evenaren. De daden van de God der goden zijn minstens zo onvoorspelbaar als gevreesd. Hoe zou Hij hebben gereageerd als Hij door blaubeck op de korrel genomen was? Zou Hij na een kort, maar vernietigend stilzwijgen hebben uitgeroepen:

-Wat heb ik nou weer aan mijn snorfiets hangen?

Want zoals de oude Griekse en Germaanse goden met razendsnelle voertuigen naar het strijdtoneel ijlden en hun vijanden met verschrikkelijk wapentuig in de pan hakten en eeuwig durende martelstraffen oplegden, zo heeft de Oppergod Zijn geduchte Puch City Cruiser beneden in de garage staan. Men siddert reeds bij de gedachte aan het vreselijks dat Hij daarmee in Zijn jonge jaren in Vlaanderen heeft aangericht en brengt op gezette tijden offers om te voorkomen dat Hij ooit weer in toorn Zijn strijdros bestijgt.

-Neen, zo moet Blaubeck uiteindelijk hebben gedacht, laat ik de Nederlandstalige mensheid en niet in de laatste plaats mijzelf behoeden voor deze rampspoed.

En zijn oog valt op die ene andere mogelijke kandidaat: de Geweldige Brabantse Bard, een moddervette zittende eend voor welke jager dan ook.

Het is najaar 2007 en beiden staan op de shortlist voor de Gouden Kroontjespen, met afstand de belangrijkste literatuurprijs van Nederland. Blaubeck is genomineerd voor *Robbin*, dat gaat over de dodelijke liefde van een vader voor zijn prepuberale zoon. Het is een thema dat zijn lezers wel van hem gewend zijn en daarom minder stof doet opwaaien dan het zou doen als een andere schrijver het aangesneden had. De meeste critici prijzen het boek vaderlijk. "De lang verwachte opvolger van *Spookrijder* van een schrijver die eindelijk volwassen geworden is... Perversiteiten komen niet langer uit de lucht vallen, Blaubeck laat nu zijn personages het vuile werk opknappen", aldus Allemansvriend. Het is van meet af aan duidelijk dat de Grootste onder de Groten zal winnen met het monumentale *Kanonnenvlees*, een roman die om te beginnen twee keer zo dik is als de dikste roman die Blaubeck ooit zal schrijven. En dan is deze pil slechts het derde deel van een cyclus waarvan delen één en vier nog moeten worden geschreven. Men prijst de Geweldige niet, men aanbidt hem.

Die ochtend kijkt hij dan ook vreemd op nadat zijn lieve vrouw ("Liebchen", zie voetnoot 1337, alinea elf) hem de koffie, de broodjes, het roerei en de kranten heeft gebracht. Op pagina drie van Het Nieuwsblad heeft zij een groot artikel rood omcirkeld. Blaubeck scheldt hem de huid vol daarin. Hij wordt uitgemaakt voor ijdeltuit, gestoorde narcist, demente alchemist en bovendien voor rotte vis. Zelfs Liebchen en zijn vijf kinderen worden niet ontzien. Die zouden zich van schaamte niet meer op straat durven vertonen.

De Formidabele krabt zich achtereenvolgens achter zijn oren, onder zijn rechterarm en onder zijn geslacht dat broeit in zijn joggingbroek. Hij heeft toch echt wel iets beters te doen dan zich het hoofd te breken over een repliek op deze vuilspuiterij. Trouwens, zijn hoofd is al gebroken. Daar wandelt te midden van de scherven van zijn enorme denkvermogen een inktzwarte kater. Het is nu eenmaal nodig om af en toe zijn tomeloze creativiteit even af te koelen met een stevig glas “on the rocks”. Toegegeven, het is gisteren weer niet bij één glas gebleven, zo merkt hij behalve aan de verbouwing in zijn hoofd ook aan de geur die zijn T-shirt en joggingbroek uitwasemen. Afgezien daarvan is hij de dag begonnen met een ander plan dan eens even in debat te gaan met deze... idioot, een andere omschrijving schiet hem zo gauw niet te binnen. In de immense werkkamer zijn tot aan het plafond reikende ladekasten de stille getuigen van de vele grootse projecten die op stapel staan. In de met lintjes en stickers versierde laden bevinden zich versies van versies van fragmenten van een nog onvoltooide vuistdikke roman of veertig. En terwijl hij de druk voelt toenemen vanuit zijn middenrif bedenkt hij dat juist vanochtend een substantieel traktaat over zijn als geniaal te duiden ontlasting op het programma staat. Neen, een polemiek met zo’n schrijver van een paar allicht niet onaardige maar ook niet helemaal consistente opstelletjes kost teveel van zijn schaarse tijd en energie.

Zijn antwoord verschijnt desalniettemin een week later in de meeste kranten. Het wordt aan het einde van die dag voorgelezen op de radio. En nog geen week nadien blijkt de weergaloze Anton van Dijk opgestaan uit de dood in een ver, ver land. Hij meldt zich voor een eenmalig interview dat een feestelijk en even zo beschaafd weerzien wordt tussen de beide heren, die elkaar van vroeger kennen. Blaubeck wordt op vaderlijke, zowel berispende als zorgzame wijze de les gelezen. Zoals hij nooit door zijn vader toegesproken is, zoals je doet wanneer het luide, onbezonnen spel van je zoon je middagdutje verstoord heeft. Je sommeert hem rustig het speelgoed op te pakken en elders, bij een vriendje of zo te gaan spelen. Je negeert het geschreeuw en de vieze woorden van daarnet ten dele, je merkt op dat dat niet zo aardig en ook niet zo netjes was.

Blaubeck op zijn beurt haalt geïrriteerd zijn schouders op als hij van verschillende kanten wordt gewezen op de giftige toon van zijn artikel. Hij heeft het allemaal niet zo bedoeld; hij heeft eigenlijk en vooral een sappelende collega willen helpen. Hij heeft hem alleen maar een klein en kennelijk meer dan nodig duwtje in de rug willen geven. Je doet dat soms onbaatzuchtig en ongevraagd. En nee, het is geen stoot over het randje.

Tijdens de prijsuitreiking zelf blijven de kemphanen gescheiden tot het einde. Op verzoek van de Magnifieke en beoogde winnaar is er voor hem en zijn gezelschap een aparte ruimte. Hij volgt de ceremonie van de bekendmaking van de winnaar via een televisieverbinding.

Blaubeck verschijnt die avond met een kind aan zijn hand in de zaal. Hij schudt vluchtig met zijn vrije hand enkele andere handen en knikt kort naar andere bekenden alvorens plaats te nemen aan het tafeltje met zijn naam erop, het kind op zijn schoot te zetten en met zijn neus in de haren van het ventje te duiken. Het is naar verluidt één van zijn zogenaamde petekinderen, dat hij heeft meegenomen en hij de hele avond als schild en zakdoek zal gebruiken. Niemand vindt dit raar. Althans, geen van de aanwezigen en ook niet van de commentatoren laat merken het bijzonder gedrag te vinden. Het lijkt veeleer alsof men het onkies vindt om hierover een vraag te stellen of het anderszins op te merken. Mogelijk dat men te gepreoccupeerd is met de op handen zijnde apotheose van het conflict. Alleen de stervende Oppergod zal opmerken dat hij het "een genante vertoning" vindt wanneer hij geconfronteerd wordt met de beelden van Blaubeck met het kereltje op zijn knieën.

Iedereen weet dat de Onovertroffene de prijs gewonnen heeft. Hij heeft bijgevolg met zijn gezelschap de chambre séparée moeten verlaten om de prijs in ontvangst te nemen. Er is een foto van enige tijd daarna waarop te zien is dat Blaubeck in ieder geval quasisportief zijn hand naar hem uitsteekt. Hij zit aan een grote tafel en kijkt op naar Blaubeck, die naast hem staat met het kind voor zijn borst. De Sublieme heeft daarover gezegd dat hij toen in de ogen van Blaubeck heeft gezien dat het een spel geweest was. Blaubeck heeft de affaire aangegrepen om te verklaren dat de Nederlandse literatuur een besmettelijke ziekte is en dat hij voortaan uit haar buurt blijft. Hij plaatst: "deze gevaarlijke patiënt in quarantaine totdat hij overleden of de ziekte uitgewoed is." Zijn eerst volgende boek (*Benidorm van mei tot oktober*) verschijnt onder een andere naam (Adriano Rossellini), maar al snel heeft men door dat het gaat om een kwalitatief mindere Blaubeck. Bij verschillende stationsboekhandels kleuren mensen op slag groen na het lezen van de eerste alinea's. Blaubeck zelf geeft na ongeveer zes maanden een uitvaart in Praag waarop Adriano met enig ceremonieel ten grave gedragen wordt.

*

Mocht het waar zijn dat de Blaubeck die we op de beelden uit die tijd zien geen schrijver maar een acteur is, dan kunnen we niet anders dan de grootste bewondering hebben voor de frivole denktank van de destijds bijna failliete uitgeverij die het concept heeft bedacht en uitgewerkt. De gecreëerde auteur benadert het Nederlandse ideaaltype. Er is sprake van een door bizarre gedragingen van de ouders totaal verpeste jeugd. Het debuut en het eerste optreden zijn omgeven met de vereiste geheimzinnigheid en bravoure. De vertelsels van Blaubeck spelen zich af ver van ons bed, zowel letterlijk, in de zin van milieus en oorden waar de personages vertoeven, als figuurlijk, met betrekking tot de interacties en de psychologie van die personages. Ze zijn geschreven in een stijl die enerzijds overrompelend en ontregelend wordt gevonden en anderzijds sommigen tegen de borst stuit en daarbij pijnlijk in het hart raakt. Zodanig dat hun slokdarm ervan in beweging komt en naar buiten wil brengen wat ingenomen is. De schrijver zelf heeft zich vanaf zijn verschijnen aan de bewolkte hemel der Nederlandse letteren erg vreemd en provocerend gedragen. Hij duikt onder in levens van anderen. Hij frequenteert verwoesting en geweld en babbelt daarover als is hij op theevisite bij een goede vriendin. Hij blijkt overigens niet zoveel vriendinnen te hebben gehad als hijzelf heeft doen voorkomen en men lange tijd gedacht heeft, wat de vraag opwerpt bij wie en hoe hij dan wel aan zijn emotionele en seksuele gerief gekomen is. Doch dit voorlopig terzijde. Zelfs indien hij geen acteur is, doet hij vaak alsof men hem kan vertrouwen. Maar hij maakt er geen geheim van de liefde als slagveld en misdaad te zien en valt aan wie beweert hem lief te hebben. Hij stoort anderen wier schaduw hij niet kan verdragen, zodat die tijdelijk het werk aan hun oeuvre moeten neerleggen. Eén van zijn grote verdiensten is de afleiding en de vertraging door middel van het schandaal – hij kwetst als hij zegt te helpen. Men kan veel over hem zeggen, echter niet dat hij geliefd is. En hij trekt zich terug uit het Nederlandse literaire leven naar het buitenland naar aanleiding van een spraakmakende ruzie met de grootste levende schrijver van zijn tijd... Men zal het binnen het team evenzeer eens geweest zijn dat om aan ideaaltype te voldoen er nog minstens één edoch essentiële eigenschap moet worden toegevoegd.

Op zeventien juni 2009, om 19:01 uur om precies te zijn, engageert zich de dan 39-jarige auteur. Het spreekt vanzelf dat de kwestie delicaat moet zijn en dat ook is. Voor hem geen grote lopende zaken waarover iedereen het heeft. De dreiging van de fundamentalistische islam en de komst van de sharia naar Nederland komen niet in aanmerking. Ook zijn slachtvarkens en plofkippen hem te min. Hij zoekt het debat over een onderwerp dat stevig in instinctieve angst en afkeer gedrenkt en in de taboesfeer verankerd is. Blaubeck stapt die avond uit een warme voorjaarszon in het halfduister van een Amsterdams achteraftheater. En hij betreedt het podium met de fine fleur van de Nederlandse pedofilie.

We zullen over die avond en de optredens die in dit verband volgen kort zijn en willen dit ook graag. Blaubeck draagt gewoonlijk een te ruim vallend kostuum. Dit is in de meeste gevallen ook nog bruin, soms met een streepje, meestal zonder. Hij is zonder stropdas. In plaats daarvan zijn de bovenste twee knoopjes van zijn hemd los, waardoor de onplezierig roze huid en de onaangenaam dunne grijze beharing van zijn borst zichtbaar zijn. Pas nu valt op dat hij zijn haar lang niet geknipt en gewassen moet hebben en vanochtend ook niet gekamd heeft. Pak, kapsel en zijn slaapkamerogen lijken plotseling geen artistieke nonchalance meer of eventueel een tijdelijke aanpassing aan de omgeving. We zien een wezen in zijn natuurlijke habitat. Het beest is in zijn element. We herinneren ons dat hij het vaak over het onderdrukte beest gehad heeft. Er ligt stof op de linoleum van het lage podium en veel aanwezigen ogen even smoezelig. Blaubeck begroet zijn gesprekspartners zoals hij ongetwijfeld ook de leden van het gastgezin en de militairen in oorlogsgebieden begroet heeft. Eén keer is het alsof hij net op tijd bedenkt dat een zoen op de wang ongepast kan zijn. De sfeer van de gesprekken is kalm, respectvol, onderzoekend. De naam Socrates valt een keer of wat, evenals de term heksenjacht. De leeftijd waarboven kinderen straffeloos mogen worden misbruikt blijkt te kunnen worden verlaagd indien we uitgaan van de gangbare definitie van pedofilie. In opiniërende stukken zal Blaubeck ons wijzen op de functie van paria's in onze maatschappij. "We" besteden onze onaangepaste driften uit aan hen om er zelf van gevrijwaard te zijn. We vinden dit alles echter vooral heel akelig.

*

Gelukkig komen we dichterbij de eindstreep van deze voetnoot, want verder gebeurt er niet zoveel meer dat het vermelden waard is. Vanaf eind 2009 verdwijnt Blaubeck langzaam uit beeld, welhaast alsof er werkelijk iemand aan de knoppen draait. Hij blijft wel schrijven en aanvankelijk ook nog romans publiceren maar dit trekt steeds minder de aandacht. Ergens in 2020 lijkt de stroom helemaal op te drogen. Het is onduidelijk waarom. We weten niet of de redactie van het Nieuwsblad nu besloten heeft te stoppen met zijn column of dat hijzelf op een bepaald moment zijn medewerking opzegt. Het is kennelijk te onbelangrijk om zorgvuldig te archiveren. Zijn uitgeverij gaat in 2017 op in een andere uitgeverij. Is Blaubeck tijdens de daarmee samengaande reorganisatie zoekgeraakt? Onopgehelderd is verder waarom zijn teksten in de periode van 2010 tot en met het einde in 2020 steeds meer Duitste woorden en uitdrukkingen bevatten, zoals “Verfassungsgesetz”, “Bundesnachtrichtendienst”, “Aussenstelle” en “eine schlimme oder gute Zeit”, terwijl hij dus in Italië zou wonen. Maar het zal zijn populariteit niet ten goede gekomen zijn.

Eind 2014 begin 2015 is er nog een kleine opleving van de belangstelling voor Blaubeck. Het is evenwel niet meer dan een tijdelijke, een rimpeling in de verder consequent neergaande lijn van zijn ster, voor zover er nog van een lichtend hemellichaam kan worden gesproken.

Blaubeck is een stipje in de eeuwig durende Nederlandse literaire nacht geworden. Hij heeft al een tijdje geen prijzen meer gewonnen of op de shortlist voor een prijs gestaan. We vermoeden dat hij hem nu wel zou zijn gaan ophalen als dat het geval geweest was. Liefhebbers heeft hij nooit gehad, nu laten ook de haters het afweten. Of zij worden niet meer geprikkeld. De Blaubecktirade blijkt een modeverschijnsel geweest te zijn dat alle fasen van zo'n hype doorloopt. Dat wil zeggen dat hij onderwijl in bepaalde milieus als passé beschouwd wordt en het daar niet meer van goede smaak getuigt om hem ter sprake te brengen.

Wanneer Blaubeck bekendmaakt dat hij zal meedoen aan een nooit eerder vertoond wetenschappelijk experiment ("komt dat zien, komt dat zien!") blijft de aversie beperkt tot een golfje misselijkheid dat snel kan worden gecoupeerd door het hoofd af te wenden.

-Wat een paljas! zou zijn vader hebben geroepen als die nog geleefd had. Blaubeck heeft alleen zijn gekke moeder nog, die hem voor de zoveelste keer "een ezeltje (wel een heel dwaas)" vindt.

Het experiment behelst immers dat tijdens het schrijven bij Blaubeck de hersenactiviteit zal worden gemeten. Hetzelfde zal gebeuren terwijl hij wordt gelezen. Het trekt een kleine nieuwe lezersschare, avonturiers die graag hun brein en leven in de waagschaal leggen. Dezelfden die off piste skieën, van hoge sprinkplanken duiken en psychedelische drugs gebruiken.

Geen mens verbazen de resultaten die medio 2015 worden gepubliceerd. Die bevestigen de zogenoemde nulhypothese, een benaming die meer dan ooit van toepassing is. Er gebeurt namelijk helemaal niets in de hersenen van Blaubeck wanneer hij aan het schrijven is. Schrijven is voor hem een automatische activiteit, vergelijkbaar met autorijden of poepen. Als je je al te zeer daarop concentreert, dreig je vast te lopen. Voor zijn lezers geldt hetzelfde. Blaubeck lezen staat gelijk aan stilte in het brein in verreweg de meeste gevallen. Het vallen van een speld lokt gemiddeld meer hersenactiviteit uit dan het lezen van een geschrift van Blaubeck. De onderzoekers vermelden dat zij zelfs een keer het experiment voortijdig hebben moeten afbreken omdat de proefpersoon hersendood leek. In een aantal gevallen is besloten om na het experiment preventief een kuur electroconvulsieve therapie voor te schrijven omdat de geringe hersenactiviteit erg op die van depressieve patiënten was gaan lijken. Slechts bij een miniscule subgroep wordt significante hersenactiviteit waargenomen, maar het groepje is te klein om conclusies te kunnen trekken. Bij deze proefpersonen worden tegelijkertijd de genotsknobbels en het braakcentrum geprikkeld.

-Alsof ze een shot heroïne hadden gekregen, zegt de graatmagere, hologige hoofdonderzoeker op de afsluitende persconferentie.

-Ze vonden het lekker maar werden er ook onpasselijk van.

Het gloednieuwe cruiseschip *Evening Star* verliet Amsterdam op zeven mei anno 2027, na daar een paar weken langer dan gepland aan de kade te hebben gelegen. Nu was de staf compleet en kon het beginnen aan zijn tocht over de zeven wereldzeeën. Als laatste lid van de jeugdstaf was toegetreden Alfonso Rainer Maria Friedrich, die alleen al door zijn naam te noemen de lachers op zijn hand had gekregen. Men zei later hem toen niet te hebben herkend en niets van zijn carrière als Nederlandse schrijver te hebben af geweten. Ook had zijn van Duits doorspekte Nederlands de aandacht afgeleid en vooral grappig bedoeld geleken.

Hoewel Blaubeck meende ingebed te zijn als clown was de bittere waarheid dat hij al langere tijd als entertainer voor kinderen in zijn levensonderhoud voorzag. Geen zichzelf respecterende krant publiceerde nog de stukjes die hij frenetiek bleef produceren. Zodat niemand zijn latere werk heeft gelezen. Het schrijven zelf was voor hem iets dwangmatigs geworden, iets dat door angst werd aangedreven en dat hij iedere avond na gedane arbeid in zijn patrijspoortloze hut deed zonder te wikken en te wegen. Dat hij moest doen om zijn overvolle hoofd te legen, dat overliep van kinderkreten. Zijn romans waren al enige tijd uit de schappen van de overblijvende boekwinkels verdwenen en op feestelijke gelegenheden was het overspannen geschreeuw van de Blaubeckhaters verstomd. Sommigen waren voortijdig aan een hartkwaal bezweken. Een enkeling had hem "van zich afgeschreven". De meesten hadden gewoon gezwegen. Hun werd niets meer gevraagd en zij werden niet meer de deur gewezen.

Was Alfonso een goede clown of was het een slechte grappenmaker? We komen het niet te weten en de vraag was irrelevant voor de rechercheurs die twee weken later het schip binnenste buiten keerden. Op de ochtend van de 21ste mei was de *Evening Star* aan de horizon van New York verschenen en 's middags was zij er afgemeerd. Des avonds constateerde men dat Blaubeck bleef ontbreken - men heeft hem als vermist opgegeven en men is gaan zoeken.

Want of hij nou heel goed was of erg slecht, die clown konden sommige kinderen niet meer vergeten.

www.ingramcontent.com/pod-product-compliance
Ingram Content Group UK Ltd.
Pitfield, Milton Keynes, MK11 3LW, UK
UKHW021642190726
13853UKWH00001B/6

9 789082 078244